王妃になる条件

ジェイン・ポーター 作
漆原 麗 訳

ハーレクイン・ロマンス
東京・ロンドン・トロント・パリ・ニューヨーク・アテネ・アムステルダム
ハンブルク・ストックホルム・ミラノ・シドニー・マドリッド・ワルシャワ
ブダペスト・リオデジャネイロ・ルクセンブルク・フリブール・ムンバイ

DUTY, DESIRE AND THE DESERT KING

by Jane Porter

Published by Harlequin K.K., Tokyo, 2010

◇作者の横顔

ジェイン・ポーター　アメリカ、カリフォルニア州に生まれ、十代から二十代前半は海外で過ごす。イギリスに滞在中、ロマンス小説に出合い夢中になった。文学修士号を持ち、現在は教師をしている。夫と幼い二人の息子とともにシアトルに在住。

主要登場人物

ルー・トーネル……………心理学者。結婚仲介者としても活躍。
レディ・ピッパ……………ルーのクライアント。
プリンセス・ジョージナ……ルーのクライアント。
ザイド・フェール…………投資家。サルク国のプリンス。
シャリフ・フェール………サルク国の国王。ザイドの兄。
ジェスリン…………………シャリフの妻。
ハリド・フェール…………ザイドの弟。
ヌル…………………………若き日のザイドの思い人。故人。
マナー………………………ルーの世話をする宮殿の使用人。

プロローグ

モンテカルロ。

絶大な権力を誇るフェール三兄弟の次男、シーク・ザイド・フェールは手紙を読み直した。フェール王家専用の象牙《ぞうげ》色の羊皮紙にタイプで打たれたその手紙は、サルク国王である長男のシャリフではなく、三男ハリドがよこしたものだった。

短く、簡潔な文面だ。

手紙を持つザイドの手が震えだす。情が薄いと言われる彼が、胸に鋭い痛みを覚え、息も苦しくなるほどのショックを受けていた。

何かの間違いだ。もしここに書かれていることが事実なら、この手紙が届く前になんらかの形で話が伝わってきたはずだ。

ありえない。

心が砕け散るような思いを味わったのは十九年ぶりだ。ザイドは決して情の薄い人間ではなかった。

愛するシャリフが行方不明になったという。彼の乗った飛行機がサハラ砂漠のどこかに墜落し、生存は絶望的だ、と。

ザイドは速やかに帰国し、妻をめとらなければならなくなった。

シャリフの息子はまだ二歳で、国を統治するのは不可能だ。ザイドが国王として国を治めるしかなかった。

1

カナダ、バンクーバー。

「シーク・ザイド・フェールがここに？　バンクーバーに来ているの？」ドクター・ルー・トーネルは繰り返した。

疲れのせいよ。眼鏡を外す際、手がかすかに震えた。著書の販売促進ツアーを七週間もやっていたら、疲れるのも当然だ。

彼の名を聞いたせいでは絶対にないわ。シーク・ザイド・フェール。シャリフ・フェール国王の弟は、ルーに屈辱を与えた唯一の男性だった。

アシスタントのジェイミーが眉をひそめ、ノートパソコンに向かっているルーの前までやってきた。

「はい……ここに来ています」

「ここってどういう意味？」いつもは冷静なルーの声がショックに震えた。

「だから、ここです。このホテルです」

「なんですって？」ルーは眼鏡をかけ直し、ジェイミーをじっと見つめた。普段は見た目を気にしてコンタクトレンズにしているが、ホテルの部屋では眼鏡のほうが楽だ。「どうして？」

「会う暇がないとポートランドで彼に言いましたよね。シアトルでも。それで、彼はバンクーバーまで来たんです」ジェイミーは手をさすりながら、不安げな笑みを浮かべた。「会わない限り、帰ってもらえないと思います。よほど緊急の用みたいですよ。生死にかかわる一大事って感じでした」

生死にかかわる一大事。父が言いそうな言葉だ。ザイドも父と似ている。ゴージャスで、裕福で、有名で、浅はかで、自分のことしか頭にない。そう、いつも自分のことだけ。自己中心的な人は嫌いよ。中でもいちばん嫌いなのがザイド・フェールだ。

サルク国王の弟とはいえ、ザイドは責任感もなく、礼儀もわきまえない、のんきな砂漠のプリンスだ。

「会いたくないの」

「会ったことがあるんですか？」

「知り合いよ」ルーはそっけなく答えた。三年前に彼と出会い、屈辱を味わわされたことまでアシスタントに話す必要はない。彼を尊敬も信頼もしていないことさえ伝われば充分だ。

「とてもハンサムですよね」二十三歳のジェイミーは目を輝かせ、頬を染めた。

「そうね」ルーはため息をついた。「見た目は完璧《かんぺき》と言えるかもね。大金持ちだし、絶大な権力があるし。でも、だからっていい人だとは限らないわよ」

「とても感じがよさそうなのに――」

「彼に会ったの？」

「はい。あの、ここに来ているんです、控え室に」

「このスイートルームに？」

ジェイミーはさらに顔を赤らめた。「五分くらいなら大丈夫だろうと思って。テレビ局の人が来るのは三十分後ですし」ルーの表情を見て、慌てて言い添える。「彼、本当に必死なんですよ」

ルーはパニックを悟られまいと、目の前に散らばっていた書類をまとめた。

「まずいことをしてしまったでしょうか」ジェイミーはおそるおそる尋ねた。

そのとおりよ。ルーは怒鳴りたい心境だったが、〝いいえ〟と言い、ごくりと唾《つば》をのみこんだ。手のひらが汗で湿り、鼓動が速くなっている。

ジェイミーは今にも泣きそうな顔をしていた。泣かれるのは困る。ジェイミーはいつもよくやってくれている。ザイドに魔法をかけられたと責めるのは酷だ。彼はゴージャスで裕福なうえに、チャーミングでカリスマ性もあるため、女性は彼の足もとにひれ伏してしまう。冷静で明晰《めいせき》な頭脳の持ち主であるルーさえも、例外ではなかった。

「ご、五分なら大丈夫だと思ったんです」ジェイミーが口ごもりながら弁解した。

けれど、たとえ五秒でも会いたくない。「いつから待たせているの？」

ジェイミーの頬がさらに赤みを増した。「三十分前からです」

ルーは内心青くなったが、セラピストとしての長年の経験がものを言い、顔色ひとつ変えなかった。

「なぜもっと早く言わなかったの？」

「その……」

「いいわ。彼を呼んでちょうだい。ただし、会うのは五分間だけだと念を押してね」ルーはほっそりした肩をいからせ、長い金髪を片方の耳にかけた。

ザイドはスイートルームの控え室に立ち、呼ばれるのを待っていた。ベストセラーの著者であり、世界からお呼びがかかる講演者であり、プロの仲人でもあるルー・トーネル。

兄シャリフが奨学金を与えた臆病《おくびょう》な女学生が、世界的有名な講演者になると誰が予測しただろう。内向的で学究肌のルー・トーネルが、性的魅力とか恋愛感情とかを理解するなど、誰が想像しただろう。

女性を別の女性と比べる趣味はないが、ルー・トーネルだけは別だ。あれほど冷たく、堅苦しく、おもしろみのない女性も珍しい。彼女は感情を抑圧しすぎる。抑鬱《よくうつ》状態にあると言ってもいいくらいだ。

シャリフのことがなければ、今日ここには来ていなかった。王室専用機が墜落し、四歳しか違わない兄が消息を絶つとは、夢にも思わなかった。

胸に鋭い痛みを覚え、ザイドは一瞬目を閉じた。

五日前に初めて知らされたときよりも、痛みは激しくなっている。連絡を受け、ザイドはサルクに帰国し、弟のハリドと会った。ザイドが王位に就くまでの間、ハリドはできる限りのことをすると請け合い、実際そうしていた。

ザイドはシャリフの妻、ジェスリンと、四人の子どもとも会った。どの子も呆然《ぼうぜん》としていた。

宮殿には悲しみと不安と悲痛な思いが満ちていた。はっきりしたことを知る者はひとりもいない。専用機からは救助を求める無線連絡もなかった。ぷっつりと消息が途絶えてしまったのだ。兄と連絡がとれなくなって、明日で一週間になる。

十四日目には、サルクの法により、ザイドが王位を継承することになっている。

ぼくには無理だ。統治者というタイプではない。しかも、ぼくはもはやサルクの人間ではないのだから。砂漠ではなく、摩天楼がぼくの生きる世界だ。

だが、王妃ジェスリンの生気のない顔が忘れられない。悲しみを決して口にしない弟ハリドの姿には、胸に迫るものがあった。

別れの抱擁を交わしたとき、ハリドが耳もとでささやいた。〝兄さんがいないと困るんだ。皆、兄さんを必要としている。帰ってきてくれ〟

ザイドは弟から何かを頼まれたことがなかった。弟だけではない、ほかの誰からもだ。皆、一家の中心である長兄シャリフを頼っていた。

だが、今は……今となっては……。

スイートルームの居間に通じるドアが開き、ややぽっちゃりした個人秘書が現れた。

「ドクター・トーネルがお会いするそうです」ジェイミーは頬を真っ赤に染めた。「ただ、今日の午後はテレビ出演があり、夜は著書のサイン会があるので、ほんの数分しか割けません」

「けっこうだ」いかにもルー・トーネルらしい、とザイドは思った。偉そうに、忙しいとばかり言う。彼はジェイミーに続いて居間に足を踏み入れた。

ルーは長い金髪を無造作に耳にかけ、隅の机に座っていた。ほっそりした体から堅苦しい雰囲気を発散させ、しかも見るからに緊張している。まるで角氷のような女性だが、仕事では成功を収め、専門分野では第一人者との評判だ。だからこそ、ザイドはやってきたのだ。

ジェイミーが部屋を辞し、静かにドアを閉めた。

「こんにちは、シーク・フェール」眼鏡をかけた顔をノートパソコンから上げ、ルーは客人に挨拶《あいさつ》をした。「ちょっと予定が立てこんでいるんだけれど、あなたが必死だからとジェイミーから聞いたので」

なんとも冷ややかな口調に、ザイドは唇を引き結んだ。角氷どころか、氷山と言ったほうがよさそうだ。以前とまったく変わっていない。これからも変わることはないだろう。「必死という言い方は合わないだろうね、ドクター・トーネル。決意が固いと言うほうが正確だな」

ルーは椅子の背にもたれ、両手を組み合わせて、ザイドに冷たい視線を向けた。「あなたのお役に立てるとは思えないわ」

どうしても好きになれない。彼に対するこの気持ちはこれからも変わらないだろう。会うと決めたのは、シャリフへの礼儀を失したくないからだ。

「久しぶりだな。二年ぶりか?」ザイドは机に近づきながら言った。

「三年ぶりよ」ザイドにそばに来られると、ルーの体に衝撃が走った。彼が居間に入ってきた瞬間、この部屋は彼のものとなってしまった。長身でがっしりした体を見事な仕立ての服に包んでいるザイド。記憶の中の彼よりもずっと存在感がある。父もそうだったが、父は偉大な映画スターだった。

ザイドはスターではなく、西洋人よりも西洋的なシークだ。巨万の富を手に入れ、何事も自分のしたいようにする。たとえ人を傷つけてでも。

彼に傷つけられた過去に、ルーはいまだに苦しめられていた。傷つけるような機会を彼に与えるべきではなかった。まさかあんなことになろうとは。

だが、つらく屈辱的な経験から得たものもある。ザイドの人柄を研究した結果、二冊目のベストセラーとなった『真の愛の見つけ方』が誕生したのだ。

「そんな前だったかな？　初めて会ったのがついきのうのように思えるよ」ザイドも冷たい笑みを浮かべて応じた。

「そう？　でも、ピッパはそう思わないでしょうね。あれから子どもが二人生まれたのよ」ザイドと目を合わせたルーは、胃がぎゅっと縮んだように感じた。私を傷つけ、あざけり、男性不信に陥らせた彼が憎い。君には真の愛が見つけられない――彼はそう宣告したも同然だった。

「レディ・ピッパが二人の子持ちに？　さぞ忙しい毎日だろうな」

初めてザイドと出会ったのは、ルーのクライアント、レディ・ピッパ・コリンズの結婚式のときだった。ウィンチェスターで行われた式にはシャリフが出席する予定だったが、急に来られなくなり、弟のザイド・フェール王子が代わりに出席した。

披露宴会場で二人を引き合わせたのはピッパだった。彼女はシークのテーブルの前でルーを呼び止め、二人を紹介した。〝シーク・フェール、こちらは私の大切な友人、ルー・トーネルよ〟

ザイド・フェールが椅子から立った。実に威厳のある、そして優雅な身のこなしだ、とルーは思った。兄のシャリフ同様、ザイドも長身で肩幅が広く、腰は引き締まっている。ルーは背が低いほうではないが、ザイドは彼女より頭ひとつ半ほど高い。しかも、兄に劣らず、どきっとするほどハンサムだ。暗い金色の瞳に、漆黒の髪。顎はあまり角張ってはいないが男らしく、筋の通った鼻や、モデルもうらやむ高い頬骨と見事に釣り合っている。まさに男性美を具現した感じがする。美しい男性はえてして残忍で利己的だ。この人は信用できないと思う一方、ルーの中には彼を好きになりたいという気持ちもあった。シャリフの弟だからという理由で。

ピッパは顔を輝かせ、ルーの腕をたたいた。〝一年前にルーが私にヘンリーを紹介してくれたのよ〟

シーク・フェールはいぶかしげに目を細くした。目じりにできたしわは、彼が二十代ではないことを物語っている。それでも男盛りなのは間違いない。おそらく三十二、三だろう。

〝運がよかったな〟ばかにした声で彼は言った。

心理学者であるルーは顔をこわばらせたが、幸せに酔いしれているピッパは気にも留めず、シークにまばゆい笑みを送った。〝ルーは――ドクター・トーネルはすばらしい才能の持ち主なのよ。彼女のおかげで伴侶《はんりょ》を見つけたのは、私で百人目なの。信じられる？　今までに百人もルーのおかげで結婚できたのよ〟彼女は新郎に手招きされ、ルーをその場に残して去った。

驚いたことに、ザイドから彼のテーブルに招かれ、その晩ずっとルーは彼と一緒に過ごした。何時間も語り合い、ダンスをした。それから披露宴会場を出て向かいのホテルに行き、そこのバーで飲んだ。

ルーはあの晩のことをすべて覚えていた。ダンスのときに感じた彼のぬくもりも、ホテルのバーの壁が赤かったことも、両手で包んだブランデーグラスの中で琥珀《こはく》色の液体が揺れるさまも。

ザイドはルーの話をきちんと聞き、ぎこちないジョークにも笑い、彼自身の仕事についても話してくれた。祖国サルクの沿岸部に開発中のリゾート地に投資しているという。

彼と過ごした時間は信じられないくらい心地よかった。デートをしたこと自体、ルーは久々だった。そもそも、美しく魅力的だと思わせてくれる男性と一緒に過ごしたことがあっただろうか。お互い、恋に落ちたと思った。帰る段になってタクシーに乗りこむ際、ザイドの唇が頬をかすめた。そのとき、いずれ彼に本物のデートを申しこまれるとルーは確信したのだった。

しかしその後、ザイドから連絡はなかった。シャリフがザイドに宛《あ》てた返信メールを誤ってルーに送ってこなかったら、ザイドの本心はわからずじまいだっただろう。シャリフのメールには、ザイドが兄に送ったメールがそのまま残されていたのだ。

メールを開くより早く、シャリフが電話をしてきた。どうか読まずに削除してくれ、と。

だが、好奇心の強いルーは読んでしまった。

彼女と過ごした晩は、死ぬほど退屈で、まるで科学博物館で過ごしているようだった。それでも、善行だと思って我慢していたが、困ったことに、彼女のほうはぼくを気に入ったらしい。こちらはそんな気持ちはさらさらないのに。温かみといい魅力といい、彼女ときたらデパートのマネキン並みだ……。

「まだ結婚の仲介をしているんだな」ザイドはルーの机の前の椅子に腰を下ろした。

デパートのマネキン並み。死ぬほど退屈。膝に置いたルーの手が震えた。「そうよ」ザイドが現れたせいで、当時の感情がよみがえってしまった。せめてもの救いは、シャリフのメールを読んだことをザイドに知られていないことだ。「それで、なんのご用かしら、シーク・フェール？」

「留守番電話に少なくとも六回はメッセージを残し

た。メールだって何度も送っている」

ルーはザイドをじっと見つめた。見事な仕立てのスーツに白いシャツ。ネクタイはしていない。黒髪は三年前より短く、頭の形のよさをいっそう際立たせている。頑丈な顎も、まっすぐに伸びた鼻も、エレガントな頬骨も、金色の瞳も、すべてが美しい。

「ずっと旅行をしていたのよ」

「もっとテクノロジーを使いこなすべきだな」

ルーの目が険しくなった。「それで、どうしてここに？」

「ぼくももう三十六だ。身を固めようと思ってね」

ジョークに決まっているわ。モンテカルロいちばんの大金持ちで、女性を次々に取り替えている指折りのプレイボーイ、ザイド・フェールが結婚するですって？　ルーは笑いをこらえきれなかった。

ザイドはにこりともせず、ルーを見つめ返した。

「で、私になんの用かしら？」

「書類を出し、記入してほしい。姓はフェール、名はザイド。スペルを言おうか？」

「いいえ、けっこうよ」ルーは歯ぎしりをした。彼の声――太く、かすれた声は耳に心地よく、愛撫《あいぶ》されているように感じてしまう。

女性が夢中になるのも無理はない。私も含めて。なんて愚かだったのだろう。恥ずかしさがよみがえり、ルーの声が鋭くなった。「なぜ今になって？あなたは、結婚したくないと何年も前から公言していたでしょう」

「事情が変わった」ザイドの声が低くなった。「サルクの王位を継ぐには結婚しなければならない。それがサルクの法律だ。王位を継ぐ者は、二十五歳以上で妻帯者であることと定められている」

「国王になるために結婚するというの？」

「それがサルクの法律だ」

ルーはけげんそうにザイドを見つめた。サルク国王はシャリフなのに。きっと、ザイドは他国の王になるのだろう。あるいは砂漠の一部族の王になるのかもしれない。ザイドが詳しく話そうとしないため、ルーはあえてきかなかった。ザイドのことは詳しく知らないほうが身のためだ。「あなたなら、その気になれば感じのいい人を自分で――」

「急いでいるんだ」

「わかったわ」ちっともわからない。わかっているのは、ザイドが不愉快な人物で、早くここから立ち去ってほしいということだけだ。まったく、自分を何様だと思っているのだろう。三年もたってから、私の力を借りたいだなんて、何を考えているのかしら。これほど底が浅く、自分のことしか考えない人も珍しい。

「それで、探してもらえるか？」ザイドがきいた。

「お断りするわ。結婚は慌ててするものではないの。ふさわしい伴侶を見つけるには時間がかかるし、慎重な調査も必要よ。それに、あなたは――」

「ぼくがなんだ？」遮るようにザイドが促した。

ルーは無視して続けた。「私のクライアントとしてふさわしくないわ。だからって、あなたが自分でその気のある候補者を探すのが無理というわけじゃないけれど」

ザイドはほほ笑みを浮かべた。きれいに並んだ白い歯を見せ、目は輝いているが、親しみのこもった表情ではなかった。「その気のある候補者だの、感じのよい奥さまだのは欲しくないんだ、ドクター・トーネル。そうであれば、母に花嫁を選ばせている。相手は誰でもいいというわけではない。ぼくにふさわしい妻が欲しい。だから、ここに来たんだ。君はこの道の専門家だろう。ぼくにふさわしい女性を見つけてもらいたい」

「悪いけれど、無理よ」ルーは冷ややかに言い放った。誰が力になるものですか。彼を紹介して女性に終身刑をもたらすなんて、とんでもないわ。

そのとき、ルーはふと自分の母親を思った。母はイギリスの有名なモデルとして世界から絶賛され、羨望《せんぼう》の的となった。にもかかわらず、父を幸せにできなかった。

ドアがノックされ、ジェイミーが居間に入ってきて、自分の腕時計を指し示した。ルーも腕時計を見やった。もう十五分がたっている。あと十五分ほどでテレビ局から迎えが来る。それまでに着替え、髪を整えなければ。ルーは机に手をつき、立ちあがった。「ごめんなさい、シーク・フェール。次の予定が迫っていて、そろそろ支度をしなければいけないの」

「アンジェラ・モスのことが引っかかっているのか？」

ルーは凍りついた。「なんの話かしら？」

「彼女は一年前、君のクライアントだった。忘れちゃいないだろう？　ほっそりして、目の覚めるような赤毛だ。二十六歳、モデルからハンドバッグのデザイナーに転身した女性さ。ぴんときたかな？」

忘れるはずもない。

ザイドはアンジェラに言い寄り、ほんの二、三カ月で捨てた。彼に対する個人的な感情のせいで、ルーは彼女をクライアントにするのを断った。ところが、アンジェラが自殺を図ったため、救いの手を差し伸べざるをえなくなった。アンジェラは絶望のどん底にあり、ルーの力をもってしても、失恋から立ち直るのに何カ月も要した。

恋の化学反応が働いているうちは、失恋は死にも等しい。人の脳は麻薬を求めるように、化学反応を求めてしまう。相手から愛されたい、連絡をとり合いたい、一緒にいるときに感じた情熱をまた感じたい、と焦がれてしまう。

十二年もの間、研究を重ねたルーは、恋より強力な麻薬はないと信じるに至った。恋は脳の正常な働きを破壊する。その化学反応は依存性が強く、ひとつ間違うと人を破壊してしまう。

「アンジェラが君のところに来たのは知っている」ザイドは抑揚のない声で続けた。「君の名を教えたのはぼくだから。君なら彼女を助けられるだろうと思った」

ルーは再び椅子に腰を下ろし、信じられないと言わんばかりにゆっくりと首を振った。「あなたが？でも、どうして？」

「アンジェラの身が心配だったからだ」

「あなたにも良心があるというわけね」

「彼女を愛してはいなかったが、傷つけたくなかった」

ルーは軽蔑《けいべつ》の目で彼を見すえた。「だったら、感情と脳みそのある女性と会うのはやめることね」

ザイドは黒い眉の片方を上げた。「というと？」

「人形とかロボットとかよ。それなら、捨てられても傷つかないわ」

彼の瞳に何かが一瞬浮かんだ。おそらく驚きだろう。「怒っているね」

ジェイミーがまだドア口でうろうろしているのに気づいたルーは、あと五分と身ぶりで示し、ジェイミーが姿を消してからザイドに言った。「怒ってはいないわ。ただ、あなたには何も求めていないの」

「求めて？」ザイドはいぶかしげに尋ねた。

「はっきり言わせてもらうわね」ルーは机に身を乗りだし、ザイドの目をじっと見つめた。「あなたが特に好きだというわけではないの。それに、多忙だから、顧客を選ぶ必要がある。だから、あなたの仕事はお断りさせていただくわ」

「なぜ？」

「だから、言ったでしょう」

「君は個人的な意見しか言っていない。ぼくはプロとしての意見が聞きたいんだ。君は科学者だ。違うのか?」

なんて傲慢《ごうまん》な人だろう。ルーは腹が立った。「あなたのことはいやというほどよく知っているわ。だから、先入観なしにあなたの要望に取り組むことができないのよ」

「ぼくがアンジェラを愛していなかったから?」

「彼女というより、人を愛せないからよ」思わず口走ってしまい、ルーは歯ぎしりをした。言うつもりじゃなかったのに。これはアンジェラから聞いた言葉だ。ザイドは別れる理由として、〝ぼくは人を愛することができないから〟と彼女に言ったという。

そう、彼は人を愛せない。恋に落ちたこともないのだろう。それで、アンジェラの思いがあまりに強くなったとき、関係に終止符を打つのがいちばんだと悟ったのだ。

ナルシストの典型ね。

ルーの父親も自分しか愛せない人だった。ナルシストは他者を愛せない。ほかの人にも独自の欲求があるということが理解できない。

「ごめんなさい。医師には守秘義務があるのに。でも、これでわかったでしょう。アンジェラのカウンセリングをしていて、あなたについていろいろと知ってしまったから、何かと衝突するのを避けられないと思うの」

ザイドはしらけきった顔でルーを見た。「誰との衝突?」

「私との衝突よ」

「アンジェラとの六回のデートを基準にして?」

いいえ、あなたとの個人的な経験も基準に含まれているわ。だが、ルーはそれを口にしなかった。彼にどう思われたかを自分が知っていることを気づかれたくない。「わざとわからないふりをしているわね、シーク・フェール。結婚は無理だとアンジェラに言ったでしょう。愛せない、って。あなたはどんな女性に対しても誠実さを示せないと思いこんでいる――」

「ぼくは変わったんだ」

彼のまつげが上がり、金色の瞳がルーをとらえた。

「無理よ」

「そうかな？　君は心理学者なんだろう？」

ジェイミーがドアのすきまから顔をのぞかせた。

「お邪魔してすみませんが、テレビ局の方がお見えになりました」

ルーはザイドを見つめたまま、ジェイミーにうなずいてみせた。ドアが閉まった。「本当にもう行かないと」

「話の続きはディナーのときにしよう。今夜から仕事をしてもらう」

「絶対にお断りよ」ルーは立ちあがった。

「絶対に？」

「あなたには公正な立場で接することができない。それに……」ルーは深く息を吸いこんだ。「そうしたいとも思わないわ」

「ぼくは癌《がん》の治療法を見つけてくれと頼んでいるわけじゃない。妻を探してほしいだけだ、ドクター・トーネル」

「治療法のほうがまだ易しいかもしれないわ」

ザイドは苦笑した。「君はプロだと思っていたんだがな」

「プロよ」

「だったら仕事をしたまえ。君には仕事しか取り柄がないようだからな」

「失礼な人ね」

「君は失礼じゃないというのか？　ぼくに会う前から、ぼくのことを勝手に決めつけていた。もっとも、ぼくの人柄を君に認めてもらう必要はない。ぼくに必要なのは君の時間と技術だけだ」

「私が誰でもクライアントとして受け入れているわけじゃないのはご存じのはずよ。希望者の五パーセント未満なの。私がこの仕事で成功しているのは、この人ならと信じられる人しか受け入れていないからよ」

「ぼくの帰国を国民が待ち望んでいる。仕事を引き受けてくれ。報酬ははずむ」

「お金の問題じゃないわ。価値観と倫理観の問題よ。いくらお金を積まれても――」

「五百万ポンドでも？」

一瞬ルーは言葉を失った。数字を聞き違えたのかしら。「五百万ポンドですって？」八百万ドルに相当する。「そんな大金をふっかけたことはないし、受け取るつもりもないわ。やはり必死なのね」

「決意が固いということさ。無理を通してもらうのに充分な額だと思うが？」

「いいえ！　お金なんかどうでもいいの。この仕事はお金が欲しくてしているのではなくて……」続く言葉が出てこない。とても個人的な理由で、自分のことしか考えられない人に話せるようなものではなかった。

「だったら、研究センターにしよう。ここ数年、君はオークランドに研究施設を建てたいと望んできた。そうだろう？　サルク王妃となる女性を見つけてくれたら、それが手に入る。これ以上フェアな取り引きはないはずだ。お互いに欲しいものを手に入れられ、幸せになれるのだから」

「それで幸せになれるとは――」

ザイドは立ちあがった。「君はぼくを知っていると思っているようだが、本当は何も知らない」金色の瞳が挑戦的にルーの目をとらえた。「結論に飛びつく前に、少し調べてみたらいい。ぼくもここに来る前にそうした」

ドアに向かう彼にルーは声をかけた。「調べて何がわかったの?」

ザイドはドアの前で振り返った。「君がそこまでかたくなで抑制している理由、女性というより機械となっている理由だ。ご両親の離婚がすべての原因なんだろう?」

ルーは再び言葉を失った。誰にも話したことがないのに、どうしてザイドが知っているのだろう?

「今夜七時にファイアサイド書店でサイン会をするそうだから、九時に迎えに行くよ。テレビ出演がうまくいくといいね」

そう言うなりザイドは立ち去った。

2

サイン会の終了予定時刻の三十分前にザイドが書店に着いたとき、ルーの姿はすでになかった。体調不良を理由に、サイン会を早めに切りあげたという。

ザイドは書店の外に立ち、しばし考えこんだ。十月末の冷たい風が吹きすさび、その足もとを色鮮やかな落ち葉が通り過ぎていく。

逃げたか。

彼女は変わった。三年前のレディ・ピッパの結婚式のときは、ぼくの言葉をひとつも聞きもらすまいとしていたのに。もっとも、女性は皆そうだ。ぼくの次の愛人にしてもらおうと必死になる。

ザイドは女性の扱いに長《た》けていた。関係に終止符を打ってからも、相手が精神的、経済的になんとかやっているかどうか、気にかけている。妹がいたせいかもしれない。

彼はポケットから携帯電話を取りだした。ルーはもうこの町に用はないはずだから、すでにここを発《た》ったもしれない。二日後にオーストリアのプリンセス・ジョージナの結婚式に出席するはずだ。その式にはザイドも招待されていた。

「この二人が夫婦であることを宣言いたします」

新郎がジョージナのベールを上げ、腕をまわしてキスをした。シルクのウエディングドレスには、五千個のクリスタルが手で縫いつけられ、燦然《さんぜん》と輝いている。式に参列した人たちから大きな拍手がわき起こった。

ほどなくキスが終わり、夫婦となった二人は招待客のほうに向き直った。

愛と幸せに満ちたジョージナの表情を見て、ルーは胸を締めつけられた。聖シュテファン大聖堂はろうそくの光にあふれ、誰もが輝いて見えるが、とりわけ花嫁はひときわまばゆい輝きを放っていた。ゴシック様式の大聖堂に音楽が響き渡り、新郎新婦が通路を進んでいく。

結婚式にはいつも感動を覚えるルーだが、今回は格別だった。三年前、ジョージナは結婚式直前になってフィアンセに振られ、男性不信に陥った。愛まで信じられなくなった。

彼女の幼なじみだったルーは心を痛め、プリンセスにふさわしい男性をひそかに探していた。そして見つけだしたのがラルフ・ヴァン・クリーゼン男爵だった。母親がオーストラリア人で、オーストラリアの奥地で生まれ育った彼は、たくましく、独立心旺盛《おうせい》で、ハンサムだ。そのうえ才気あふれ、とても優しい。ジョージナには優しさが必要だった。強さと優しさを兼ね備えた男性、永遠に愛してくれる男性が何よりも必要だった。

胸が熱くなり、涙がこみあげてくる。

永遠に愛し、愛されることのすばらしさ……。

両親の結婚生活がおかしくなるまで、ルーは親から愛されているという安心感に包まれていた。だが、両親の仲がこじれてからは、生活が一変した。父も母も有名人だったため、二人の離婚劇はマスコミに取りあげられ、ゴシップ紙をにぎわせた。電話まで盗聴され、そのやりとりが報じられた。

父も母もルーの養育権を得ようとして、泥仕合が繰り広げられたが、二人とも、本当にルーを手放したくなかったわけではない。相手を勝たせたくない一心で主張したにすぎなかった。

愛は寛大なものだと思う。相手を打ち負かすのではなく、尊敬し、支えたいという気持ちがお互いの中心にあるべきだ。だからこそ、ルーはクライアントの結婚相手を探す際、両者の価値観や信条、求めるものが同じである点を重視した。確かに見た目も重要だろう。人は見た目で恋に落ちる。だが、それだけでは心の結びつき、真の理解は生じない。

感情的になりすぎていると感じながら、ルーは大聖堂の石段を下り、外に出た。空にはすでに黄色い月が出ている。落ち葉が風に吹かれ、かさこそと乾いた音をたてていた。

ルーはリムジンに乗りこみ、ベルベットのケープの襟を合わせた。黒のシルクで縁取りされ、銀の留め金に本物のダイヤモンドがちりばめられている豪華なケープで、その心地よい肌ざわりに癒《いや》される思いがした。父が主演する映画のプレミアショーに出るため、母が自分用に買ったものだ。レッドカーペットの上を、このケープを羽織った母が父と並んでまばゆい笑みを浮かべた写真が部屋に飾られていたのを、今でも覚えている。

その写真は燃やされた。母が結婚していた時期に着た服もすべて処分された。だが、このケープだけは、イギリスに住む祖母のクローゼットに残されていた。母が実家に戻ったときに置き忘れたのだろう。ルーがこれを見つけたのは母の死から二年後、十六歳のときだった。

リムジンが宮殿に到着した。ルーは舞踏室の入口の手前で一瞬ためらった。エスコート役も、こちらを振り返る人もいない。父も母もその美しさで世界を魅了したというのに、娘は誰ひとり魅了できないとは。でも、これでいい。自分を制御し、心静かに生きていける。心の平安を保つため、ルーにとって自制はきわめて重要な役割を果たしていた。

地味な黒いドレスに手を走らせてしわを伸ばし、ルーは一千本のろうそくがきらめく舞踏室へと足を踏み入れた。

こともあろうに、最初に見つけた顔見知りはザイド・フェールだった。

まさか。一歩あとずさったルーは、シャンパンのグラスを運んでいるウエイターにぶつかり、飲み物をこぼしてしまった。

ルーはドイツ語でわび、またもザイドのほうを見た。

やはり彼だ。風貌《ふうぼう》も歩き方も、彼としか思えない。しかも、こちらに向かってくる。ルーはパニックに陥り、人ごみに紛れて化粧室の中に逃げこんだ。

金と象牙《ぞうげ》色に彩られた優雅な化粧室で、指の関節を口に当てて歩きまわる。どうして彼がここに？　私に協力を断られたから、追ってきたに違いない。なんて人かしら。

化粧室にこもって二十分ほどたったとき、新郎新婦の到着を告げるトランペットが鳴り響いた。もうザイドはどこかに行っただろう。そう思い、天井の高い通路を数歩進んだとき、彼が目の前に立ちはだかった。

「やあ、ルー。バンクーバーでのイベントはうまくいったかい？」

まるで親しい友人のような感じで声をかけられたとたん、ルーの脈は跳ねあがり、口の中はからからに乾いた。さっきケープをクロークに預けたのが悔やまれる。ベルベットで身を隠してしまいたい。

「書店の店主の話では、予想していたほど客が集まらなかったらしいね。残念だった？」

ルーはザイドを見すえた。「いいえ」

「じゃあ、急いであの町を発ったのは、そのせいではなかったわけだ」

悔しいことに、顔が赤くなる。「バンクーバーからウィーンまで追いかけてきたなんて、信じられないわ」

「この結婚式に招待されていたものでね。それに、追いかけるという表現は——」

「つまり、しつこいということよ」ルーは苦々しく言い放った。

「決意が固いとも言う」ザイドはルーにほほ笑みかけた。「これをやろうといったん決めたら、ぼくは必ずやり遂げる。君は必要以上に事を面倒にしているんだ」

ザイドが着ているタキシードは広い胸をぴたりと包み、ウエスト部分はかなり細い。そして罪深いほどハンサムな顔は真剣な表情をたたえていた。

ルーは目をそらした。「事が面倒になっているのは、あなたがノーという返事を受け入れられないせいよ」

「サイン会のあとで会うことに、君は同意した。だからぼくは書店に行き、君が出てくるのを待っていたんだぞ」

ひと組のカップルが互いに腕をまわし、人目につかない壁のくぼみへと姿を消した。二人きりになり、触れ合いたいのだろう。だが、ルーはそういう欲求を覚えたことが一度もなかった。彼女はやっとの思いで視線をザイドに戻した。「今はほかのクライアントの仕事をしているから、すぐに別の人の仕事をするわけにはいかないのよ」

「けさ、君は新しいクライアント候補と会っていたじゃないか。あの女性からの依頼は引き受けるんだろう？」

めったに顔を赤らめないルーが、髪の生え際まで真っ赤になった。ザイドがそばにいると、なぜか思考停止状態に陥ってしまう。「私のことをスパイしているの？」

「自分ではしないが、ぼくにはボディガードも個人秘書も執事も運転手も――」

「わかったわ。それほど権力のある人が、王妃選びになぜ私の力を借りようだなんて思うの？」

「君が引き合わせたカップルは、皆うまくいっているからだ。離婚したという話は一度も聞かない」

ルーの背筋に震えが走った。離婚という言葉を聞いただけで、ぞっとする。両親の騒動がおさまるのに、実に七年もかかった。そして決着を迎えたとき、すべてが破壊され、ルーは心までずたずたに引き裂かれた。

十代はおろか、二十代になっても、ルーは立ち直れずにいた。シャリフ・フェールとの友情のみが救いだった。大学に、そして大学院に進むよう彼は励まし、経済的な支援をしてくれた。自分のような思いをする子どもがいなくなるようにという夢の実現に向けてルーが踏みだせたのは、ひとえにシャリフのおかげだった。

早くホテルに戻りたい。安全で居心地のよい空間に身を置きたい。「今日はもう遅いし、まだ時差ぼけが……」

「また逃げるつもりか、ドクター・トーネル？　自分を見失わず、現実に目を向けるようにと女性に説いているのは誰だ？　君自身じゃなかったのか？」

「ええ、そうよ。でも、自分の直感を信じるようにとも説いているわ。あなたは危険だと私の直感は言っているの」

ザイドに笑われ、ルーは顎をぐいと上げた。

「私は真剣に言っているのよ、シーク・フェール」

「そうだろうとも。だが、君の言い分は的外れもいいところだ。本当にケンブリッジで学位を取得したのかと疑いたくなる。替え玉でも使ったんじゃないのか？」

「自力で博士号も取得したわ」

ザイドはほほ笑んだ。しかし、目には冷たい光が宿っている。「だったら、科学者らしく振る舞ったらどうだ？　ぼくに必要なのは科学者としての君だ。女としての君には興味がない」

「よかったわ。女としての私は、男としてのあなたをさげすんでいるから」

ルーはそれだけ言って立ち去った。このまま帰ってしまいたいが、今夜はジョージナの披露宴だ。ディナーが終わり、ダンスが始まるまでは退席できない。

ザイドはほっそりしたルーの後ろ姿をじっと見つめていた。その姿はまもなく人ごみに紛れ、視界から消えた。

彼女は変わった。三年前はおしゃべりだったのに。もっとも、当時のルーはぎこちなく、緊張しきっていた。あのころよりも洗練されているのは、仕事で成功を収めたせいだろう。とはいえ、彼女は三年前と比べてはるかに冷たい女性となった。時の流れと成功がここまで人を変えてしまうとは。

今のところ取りつく島もないが、ルーの力を借りるしかない。残されている時間はわずかだ。おせっかいな母はすでに花嫁選びを始めているが、伝統に縛られたサルクの女性を妻とする気はまったくない。サルクの女性は今でもおとなしく、従順さを第一に育てられている。こちらが何を話しても、〝はい、殿下〟としか応じないだろう。これでは会話が成り立たない。

対等に振る舞えない妻など欲しくもない。だが、西洋の女性にも問題がある。ザイドの外見に、女性はたやすく引きつけられる。しかも、彼の名と称号を知り、権力も莫大《ばくだい》な富もあるとわかるや、それこそ足もとにひれ伏してまでも結婚したいと願う。

そんな女性は信用できないし、尊敬もできない。いずれ関係が破綻《はたん》するのは目に見えている。

ザイドは多くのルールや法を破ってきたが、結婚は神聖なものと固く信じていた。既婚女性と関係を持ったことは一度もない。妻となる女性を裏切るつもりもなかった。

だからこそ、申し分ない妻が必要なのだ。

ルーは堅苦しく温かみに欠けているが、結婚相手を探すことに関しては超一流だ。なんとしても彼女にこの仕事を引き受けてもらう。

ザイドはルーのあとを追った。

ルーはディナーテーブルについたところだった。席はあらかじめ割り当てられていて、ザイドは別のテーブルだったが、彼はかまわずにルーの隣の椅子に腰を下ろした。

ルーが冷たい目でザイドを見た。「向こうへ行って」

ザイドは肩をすくめ、無造作にほほ笑んで、肩が触れ合うほどルーに身を寄せた。「無理だよ、ドクター・トーネル。ぼくはどうしても君の助けを必要としている」

ルーは顔をそむけた。ほかの客たちが黙ってじっと二人を見つめている。

客は王族と貴族と有名人ばかりだった。誰もが専用のスタイリストを雇っているのではないかと思いたくなる装いをしている。自分で服を選んだのはルーだけだろうと思いながら、ザイドは地味な黒いドレスに目を走らせた。どうも見覚えがある。

「三年前に着ていたあのドレスかい？」

「そうだけれど、気に入らない？」

やっぱり。頬を真っ赤に染め、怒りに唇を震わせている今のルーは、美しいとすら言える。「もっと似合う形と色にしたらいいのに」

ルーは口を固く結び、ザイドを見やった。「黒がいいの」

「君に黒は似合わない。顔色が悪く見える。ピンクのほうがいい」

「これはニューヨークのバーニーズで買ったのよ。デザイナーズ・ブランドで、生地も――」

「だが、十年前のものだ。袖《そで》の形でわかるよ」

ルーは目をむいて噛《か》みついた。「あっちに行って」

「無理だ」

ザイドの顔はすぐ目の前に迫っていた。金色の瞳にブロンズ色の斑点《はんてん》が入っているのも、目じりにかすかなしわがあるのも見える。腿が触れ合っているのに気づき、ルーは慌てて脚の位置をずらした。

「お力にはなれないと言ったはずよ」ルーの脈は速く、体はほてっていた。

「ぼくの要請を個人的なものととらえているからだろう。だが、違うんだ。これには、ぼくの国や弟、国民の未来がかかっている」ザイドはさらに顔を寄せ、片腕をルーの椅子の背にかけた。「ほかのクライアントと同じ機会をぼくにも与えてほしい。それだけでいいんだ」

ルーは落ち着こうとして、深く息を吸いこんだ。だが、彼の香りも吸いこむ羽目になった。かすかな、けれど魅力的な香りを。

まるで海でおぼれているような感じだ。ザイドは私を圧倒し、私を根底から脅かす。初めて出会ったときに、危険な男性だとわかった。それでも一緒に踊り、ホテルのバーで何時間も過ごした。あのときも彼に圧倒され、当時はそれがすばらしいと感じた。

いいえ、すばらしいなんてとんでもないわ。ザイドは自分の望みを達成するためには手段を選ばない人よ。

「あっちへ行って」ルーはよろめきながら立ちあがった。「お願いだから、ひとりにさせてちょうだい、シーク・フェール」全身が震えている。彼女は理性も自制心もすっかり失った。

こうなりたくないから、バンクーバーを早々に発ったのに。彼の前では、科学者ではなく、パニックに陥った少女のようになってしまう。いくら成功を収めていても、ルーの強さはうわべだけにすぎない。彼女は逃げ場を求め、舞踏室に目をやった。

ザイドがルーの手に自分の手を重ねた。「落ち着け、ドクター・トーネル」

「無理よ。私をほうっておいてくれないんだから」

「君を傷つけようとしているわけじゃない。ぼくには君が必要なんだ」

次の瞬間、ルーは抱きしめられた。「ルー、今までどこにいたの？　ずっと捜していたのよ！」

混乱していた頭に、ジョージナの声が響いた。ルーはほっとして友人に抱擁を返した。「とてもきれいよ。こんなに幸せそうな花嫁は初めて見るわ」

「あなたのおかげよ。こんなすてきな王子さまを見つけてくれて」

ジョージナが一歩下がると、新郎のラルフが身をかがめ、ルーの頬にキスをした。

「このご恩は一生忘れない、ドクター・トーネル」

続いて新郎新婦はザイドを温かく迎え、礼を述べた。

「ぼくの家族も君たちのご結婚を心の底から喜んで

いる」ザイドは応じた。

「ありがとう」ラルフは言った。「それはそうと、シャリフから連絡はあったか？　さっきテレビで知ったばかりなんだ」

「そうか……あと二、三日は報じられないと思っていたのだが」

ラルフはすばやくジョージナと視線を交わしてから言った。「飛行機が見つからないって、本当なのか？」

ザイドはうなずいた。

「じゃあ……ジェスリンも？」ジョージナがかすれた声で尋ねた。

「いや。幸い、彼女も子どもたちも同行していなかった」

「信じられないよ。シャリフはあんなに……」ラルフはつぶやくように言い、ザイドの肩をしっかりとつかんだ。「彼の無事を祈っている。希望を失ってはだめだ。もしぼくたちに何かできることがあったら、遠慮なく言ってくれ」

新郎新婦は別のテーブルへと向かった。

ルーは険しい表情でザイドを振り返った。「シャリフに何があったの？」

「彼の飛行機が行方不明になった。十日前のことだ。だが、この話は君にしただろう」

「いいえ、聞いていないわ。あなたは王位継承がどうのこうのと言っていたけれど、シャリフが行方不明になったとは言わなかった。真っ先に話してほしかったわ」

「なぜだ？」

「シャリフは私のあこがれだからよ。彼のためなら、なんだってするわ」ルーの目に涙がきらめいた。

3

二人は朝九時、ザイドが泊まっているホテルのロビーで会うことにした。

一から出直そうとザイドに言われたが、ルーはさまざまな思いと不安とで眠れぬ一夜を過ごした。

シャリフのことは尊敬しているが、ザイドは怖い。ザイドの力になると約束したのは、ひとえにシャリフのためだった。

ルーがケンブリッジ大学で学ぶことができたのは、フェール奨学金のおかげだった。大学院を含め、八年間の学生生活のうち、六年間はシャリフに相談に乗ってもらった。ルーにとって彼は兄のような存在だったのだ。

そのシャリフが行方不明となり、サルクは混乱状態にあるという。

ザイドの力にならざるをえない。だが、ルーは彼と過ごす時間を制限することにした。電話やメール、ファックスで充分だろう。けさだけは彼に会い、書類を作成するが、その後は距離をおく。

シャリフが見つかるまでの辛抱よ。ルーは自分に言い聞かせた。彼はきっと見つかる。生きて戻ってくる。それ以外の可能性など考えられない。誰からも愛されている人だもの。

ザイドは兄ほど慕われていない。弟は悩みの種だ、とシャリフからちらっと聞いたことがある。

今や私にとっても悩みの種だわ。

ザイドはボディガードに続いてエレベーターを降り、広々とした大理石張りのロビーに向かった。

ルーは低いテーブルについていた。グレーのスカートにジャケットという地味な装いだ。

けさは髪をうなじできっちりと結っている。ノートパソコンに見入るルーを眺めていたザイドは、彼女の脚を見て驚いた。なんと長く、形のよい脚だろう。彼は思わず歩調をゆるめた。スカート丈は長めで、靴も低いキトンヒールだが、ストッキングは薄く、白い肌が透けて見えていた。

そのとき、ルーがこちらを振り返った。その瞬間、彼女はいつもの堅苦しいドクター・トーネルに戻った。醜いわけではないが、美しいとは言いがたい。かわいらしいとも言えない。今日は色の濃い鼈甲《べっこう》縁の眼鏡をかけている。肌が白いだけに、眼鏡がとても目立ち、しかも大きすぎる。そんな女性が、これほど罪作りな脚の持ち主だというのは不可解だと思いつつ、ザイドはルーの向かいに座った。

ルーはすぐに彼が妙な表情を浮かべていることに気づいた。「何かあったの?」

「新たな情報は何もない」ザイドはブリーフケースを開け、ファイルやノートを取りだし、ホチキスで留めた資料をルーのほうに押しやった。「個人データは家族関係、病歴も含め、すべて記入ずみだ」

ルーは驚いた。「これは私が使っている書式よ。どこで手に入れたの?」

「ピッパさ。電話をしたら、書類のコピーを快く送ってくれた。それをもとにぼくの秘書が作成したんだ。それから、これは君が使っているマイヤーズ・ブリッグズ式性格分析テスト」

「私のやることがほとんどなくなってしまったわ」

冗談めかしてルーは言った。

「肝心なのはこれからだ。こうした資料をもとに、配偶者候補を選ぶんだろう?」

配偶者選び……。確かにそうなのだが、ザイドの口からこの言葉を聞くと、ずいぶんそっけなく事務的に聞こえる。ルーは顔を上げ、彼の目を見た。その瞬間、心臓が大きく打ち、妙に落ち着かない気持ちになった。脈も速くなっている。息が苦しく、めまいがしそうだ。

こんな反応は、レディ・ピッパの結婚式でザイドに魅了されたとき以来だ。

でも、ザイドは私に魅了されなかった。

あんな屈辱はもう二度と味わうものですか。ザイドを好きなどころか、軽蔑《けいべつ》さえしているのだから。これはホルモンのいたずらよ。あるいは不安のせいかもしれない。

実際、彼がそばにいると、ルーはいつも鼓動が速くなり、船酔いをした気分になってくる。両親が車の中で言い争っていたときも、こんな気分だった。

「ずいぶん顔色が悪いな」

「生まれつきよ」ルーははっきり言ったものの、彼は納得したように見えなかった。「仕事の話に戻るわね」

ルーが質問し、ザイドが答える。その繰り返しで一時間ほど過ぎたとき、彼の携帯電話が鳴った。さっきも何度か鳴っていたが、彼は着信番号を見て無視していた。だが、今度の電話には出た。

ザイドはほんの数語しか発せず、話を聞く側にまわっている。ルーはノートを膝の上に置き、ザイドの顔を見つめた。

彼の顔から血の気が引いていく。電話を切ったときにはすっかり生気のない顔になっていた。

「飛行機が発見されたそうだ」ザイドは携帯電話をコートのポケットに戻した。「機体が焼け焦げて見分けがつかないが、王室専用機らしい。ブラックボックスを回収したので、じきに詳しいことがわかるだろう」

ルーは何も言えず、ただ彼を見つめていた。

「サルクに今すぐ戻ることになった。君も一緒に来てくれ。続きは飛行機の中でしよう」

状況を考え、ルーはうなずくしかなかった。

九十分後、二人を乗せたザイドの専用機が飛び立った。

ザイドと二人きりになるのは危険だ。彼と一緒に砂漠の王国に行くのはなおさらだ。しかし、安全な人生なんて存在しない。シャリフも言っていたではないか。未来を築くのは君自身の考え方だ、と。

シャリフの言うとおりよ。感情が必ずしも当てにならないと初めて理解したのも、彼のおかげだった。思考と感情の間にはっきりとした関係がある、と彼は最新の心理学の成果について説明してくれた。

明るい見方をすれば、気持ちも明るくなる。この世を善と考えれば、善きものとして世界を見るようになる。苦しみばかりを味わってきた少女にとって、それはまさに天啓だった。

人生も、幸せも、他人に左右されるものではない。たとえ不幸のどん底にあっても、自らの意思で幸せになれる。

窓の外を眺めていたルーは、ザイドに見つめられていることに気づいた。非の打ちどころのない顔だちながら、その瞳は暗く、苦悩が浮かんでいる。

「恋に落ちたことは一度もないの？」言った瞬間、ルーはぎょっとした。なんて質問をしているのよ。

ザイドはなかなか返事をしなかった。「ない。だが、心が冷たいわけじゃない。家族に対しては深い感情をいだいている。特に兄にはね」

ルーは彼の履歴書を思い浮かべた。父は死亡し、母は健在。兄は四十歳、既婚で、子どもが四人。弟は三十三歳で、妻は妊娠中。妹二人は死亡。

彼の家族のことはあまりよく知らないが、二人の妹については知っていた。シャリフは亡くなった二人をしのび、私費を投じてケンブリッジ大学に奨学金を設けたのだ。

「妹さんたちとは親しかったの？」ルーはさらに尋

ねた。

「ああ、とても」

「二人一緒に亡くなったのよね？」

「ギリシアで交通事故に遭った。二人ともまだ二十代前半だった」感情のこもらない声だったが、顎の小さな筋肉がこわばっている。ザイドは右手でこぶしを固めた。

「二人が亡くなって、ご家族はさぞつらかったでしょうね？」心の内面を語らせたいルーは、あえてきいてみた。

ザイドが険しい表情をルーに向けた。「それとこれとなんの関係がある？」

「これもあなたの話よ。あなたの家族の……」

「ぼくは恋愛結婚など求めていない。妻がぼくの暗い秘密をすべて知る必要はない」

彼のこぶしを見つめていたルーは、視線を顔へと移した。そこにはなんの表情も表れていない。「心を分かち合える人が欲しいんじゃないの？」

「割り切った関係がいい」

ルーはザイドを見すえた。「そういう結婚観に魅力を感じる女性は少ないでしょうね」

「いや、あくまで現実的に考える女性だっているはずだ」

ルーは眉を上げたが、何も言わず、ノートに書きこんだ。ザイドは妹たちの死をいまだに引きずっている。愛を失うのを恐れるあまり、愛そのものを恐れているのだ。

「国王になりたいと思っていた？」五人きょうだいとして育ち、そのうち三人を失ってしまうのはどんな気持ちだろう。ひとりっ子だったルーには、想像もつかなかった。ルーはきょうだいが欲しくてたまらなかった。幼いころは、サンタクロースにお願いしていたほどだ。

「いや、まったくの計画外だった」ザイドはためらいがちに続けた。「だが、こういう事情となったからには、兄を失望させるわけにいかない。兄の代わりを務め、兄が戻ってきたら……」

「生還すると思っている？」

「ああ」

ルーはザイドに同情した。シャリフが消息を絶ってすでに十日がたつ。たとえ発見されたとしても、変わり果てた姿かもしれない。「もしそうでなかったら？」

「シャリフは生きている」

ルーはうなずいた。少なくとも、ザイドとの共通点がひとつ見つかった。お互い、シャリフの死を信じまいとしている。証拠が見つからない限り、ルーも信じるつもりはなかった。

ルーは話題を変えることにした。「少し休憩しましょうか？」

「いや、続けてくれ。用事をこなしているほうがいい」

ルーはまたもうなずき、革張りの座席の下に入れていたブリーフケースを取りだした。いつも仕事が救いとなった。今はザイドも同じ気持ちなのだろう。

乗務員が現れ、壁に取りつけてある折りたたみ式のテーブルを広げた。これから昼食を運ぶという。

ザイドはルーを見やった。「ここの食事は申し分ないよ。シェフも同乗している」

「お茶だけいただくわ。今は何も喉を通りそうにないの」

「ぼくもだ。紅茶とコーヒーをひとつずつ」ザイドは乗務員に命じた。

ルーはペンを手に、彼を見た。背が高く、がっしりした体格で、神々しいまでの美しさを備えている。だが、官能的な口は固く結ばれていた。

ザイドに惹《ひ》かれない女性なんていない。こんなにハンサムで、裕福で、セクシーなのだから。とはいえ、胸をときめかせてしまう自分が愚かに思える。

頭はよいけれど美人というにはほど遠い、とルーは自覚していた。もう少し女らしい曲線に恵まれていたら、自信を持てたかもしれない。やせているのはモデルだった母親譲りだ。

ザイド・フェールのような男性は、私みたいな女性には決して関心を示さない。目をつけるのは肉感的で、つややかな豊かな髪、厚い唇、誘惑的な瞳を備えた女性ばかりだ。

誘惑的な表情など、どうやって浮かべたらいいのか見当もつかない。とはいえ、ザイドが私のことを女として意識していないのは救いだ。意識されたら、どうしていいかわからない。それでなくても、彼のせいで鼓動が速くなり、手は震えだすのだから。

ルーは手の震えを隠そうと、書類をせっせと繰り、目的のページを見つけた。「どんな女性が理想か教えてほしいの。条件を五つ出してくれる?」落ち着いて言えたことがありがたかった。

一瞬ザイドは考えた。「知的で、教養があって、成功を収めている」さらに考えて言い添える。「自分に自信を持ち、人には誠実。できれば美しい女性がいい。これでは六つになってしまうな」

「六つでいいわ」美人がいいのは当然よね。どんな男性だってそう願う。「じゃあ、モデルとか?」

「いや、モデルや女優は絶対にだめだ」

ルーは驚いて顔を上げた。「絶対に?」

ザイドはルーの驚きに気づかずに答えた。「何よりも知的で教養のある女性がいい。そして成功していることだ。同時に、親切で優しい女性でないと困る。教師か看護師といったところかな」

「シャリフの奥さまみたいに? ジェスリンも教師だったわね」

ザイドはうなずいた。「ジェスリンも、弟ハリドの妻も、自己中心的ではない。その点をぼくは尊敬している」

「わかったわ」ルーは書類に書きこんだが、心は自分自身に向けられていた。「ユーモアのセンスとか、冒険心とかは？　内向的か外向的か。あなたは相手を楽しませるタイプ？　それとも、話題を提供してくれる女性のほうが一緒にいて楽しい？　人前で話すのが苦にならない女性がいいのかしら？　それとファッションリーダー的な人が好みなの？」

「相手によりけりだな。あともうひとつ、強い女性がいい」

「強い？」

「精神的にね。夫に従うだけの女性は欲しくない。ぼくにも、ぼくの家族に対しても、対等に接することができないと困る。サルクは近隣諸国より近代化されているとはいえ、中東の王国だ。西洋諸国とはだいぶ勝手が違う」

ルーのペンが宙をさまよった。ザイドの希望は予想外だった。彼をいっそう引き立てる、ゴージャスで官能的な女性が好みだと思っていたのに、美しさは六番目の条件でしかない。思っていたよりザイドのことをわかっていない、とルーは悟った。

乗務員がトレイを運んできた。ティーポット、カップ、そして軽くつまめるビスケットと果物とチーズの皿がテーブルに並べられた。

ルーは赤黒い葡萄《ぶどう》を食べ、V字形にカットした小さなチーズに手を伸ばした。考えてみたら、昨夜から何も食べていない。けさは神経が高ぶり、コーヒーを飲んだきりだった。

ふと顔を上げると、ザイドと目が合った。彼は眉《み》間《けん》にしわを寄せている。ルーはナプキンを取り、口をぬぐった。「私の顔に何かついている？」

「いや。食事をしている君を見るのはいいものだな。君はやせているから――」

「母がやせていたからよ」ルーは遮った。「母の頬の骨格はとてもすてきなのに、受け継いだのはやせたところだけだったわ」ルーは自分のジョークにほほ笑んだ。しかし、ザイドはにこりともしなかった。

「君は食が細すぎるんじゃないか？」

「シャリフにも同じことをよく言われたわ。でも、胃がとても繊細なのよ。不安になったりすると、何も食べられなくなるの」

兄の名を聞いて、ザイドの金色の瞳が陰りを帯びた。「兄をよく知っているのか？」

ルーはナプキンを膝の上に広げた。「私がケンブリッジ大学でフェール奨学金を得たのは、あなたも知っているでしょう。そのおかげで大学院を出られたのよ」

「それで、シャリフのためにと？」

ルーは顔を赤らめた。「大学で彼は私の指導者であり、友人でもあったわ。博士号を取得するまで私は知らなかったの。彼が私を助けてくれるのは妹さんたちのことがあったからだと」

「どんな形で助けてもらったんだい？」

「いろいろな場面で忠告や助言をしてくれたわ。私の目指すものを聞いてくれ、人を紹介してくれたこともあった」ザイドの顔にうたぐり深い表情が浮かんだのを見て、ルーは肩をすくめた。「妙に聞こえるでしょう。あなたのお兄さんは権力にも財力にも恵まれている。でも、とても思いやりのある人でもあるの。私には彼が必要だったけれど、彼もある意味では私を必要としていたんじゃないかしら」

「シャリフは誰も必要としていない。彼は一家の大黒柱だ。揺るぎない存在だ」

ルーは眉をひそめた。「本当にそう思う？」

「兄は生まれたときから、指導者となるべく運命づけられていた。人に期待されることをするのが身についている」

「でも、だからといって、彼が心を痛めたことがな

せたくない。君の研究所のシステムを使えば、ふさわしい女性が見つかるんだろう？　つき合う期間が短くても、見合い結婚でも文句を言わず、サルクでお互い力を合わせてやっていけるような」

であれば、答えはノーだ。そんな希望に応《こた》えられそうな女性にお目にかかったことはない。現代を生きる女性のほとんどはぞっとするだろう。「こんなことを言うのは気が引けるけれど、サルクはとても辺鄙《へんぴ》な国よ」

「それで？」

「ずっとサルクで暮らすつもり？　それとも、ときにはモンテカルロで？　たしかあの街に自宅があったと思うけれど」

「国王は国民が暮らす国に住むものだ」

「あなたの奥さまは？」

頭が変になったのかと言わんばかりに、ザイドはルーを見やった。「当然ながら、ぼくと一緒に暮らいとは言えないわ」

「君はぼくの兄がわかっていないんだ」

「あなたは、お兄さんをひとりの人間として、傷つきやすい人として見ようとしたくないのよ」

「シャリフは傷つきやすい人間ではない。じきにサルクに戻り、再び国を治めていく」

ルーはまじまじと彼を見つめた。「本当にそう信じているのなら、なぜ結婚しようとするの？　お兄さんの帰りを待っていればいいんじゃない？」

「そうはいかないんだ」ザイドはいらだちもあらわに答えた。「サルクの法により、ぼくは国王にならなければならない。そのためには妻が必要だ」

なんと返事をすればよいのだろう。ルーは一瞬考えた。「シーク・フェール、正直に言わせてもらうわ。王位を継ぐために妻を求めるのと、生涯の伴侶《はんりょ》としての女性を求めるのはまったくの別問題よ」

「必要な女性はひとりだけだ。結婚を失敗に終わらす」

ルーは疲れを覚え、額に手を走らせた。どう考えても無理だわ。知的で自信に満ち、成功している女性が、中東のシークと結婚し、砂漠に骨をうずめようなどと思うわけがない。ザイドが理想とするような女性なら、ほかにも生きる選択肢があるのだから。

「見合い結婚をしたいのなら、同じ文化圏の女性を選ぶようお勧めするわ」

「断る」

「西洋の女性はお見合いに拒否反応を示すわ」

「なぜだ？」

「西洋の女性とばかりつき合ってきたあなたなら、わかるはずよ。相手に望まれ、愛され、大事にされてこそ、結婚しようという気になるものなの」

「妻を尊敬し、大事にするつもりだ」

愛するとは言わないのね。だが、ルーはあえて指摘しなかった。「女性はその点を確認するのに時間をかけるわ。だからこそ、男性は女性の機嫌をとろうとするの。どのようなところを自分に期待していいか、相手に示そうとするのよ。でもあなたには、そのための時間を割くつもりがない」

「結婚式を挙げてからそうするつもりだ」

ルーは厳しい表情でザイドを見すえた。「最後にもうひとつ、おききするわ。あなたの国の女性が有している政治的、社会的権利について教えて。サルクでは男女平等なの？　女性を守る法律はある？　女性にはどんな権利があるのかしら？」

「男性が有している権利すべてを女性が得ているわけではない……今のところはね。でも、この点をシャリフは変えようとしてきた。ぼくも優先事項として取り組むつもりだ」

「では、もしあなたの奥さまが法を犯したらどうなるの？」

「ぼくは妻を守る」

「できる?」ルーは顔を寄せ、真剣に尋ねた。「本当にできるの?」

「ぼくの言葉が信じられないのか?」

「そうじゃないの。あなたの奥さまにとって――」

「ぼくが妻を守らないと思っているのか?」ザイドの表情が険しくなり、噛《か》みつくように遮った。

ルーはあっけにとられ、彼を見あげた。これほど怒りをあらわにしたザイドは見たことがない。「いいえ」

「よし。話は終わりだな」ザイドは立ちあがり、後部の部屋へと姿を消した。

専用機の後部にしつらえた寝室は、狭いながらも実に快適だ。ザイドは背の低いベッドの端に腰を下ろし、両手で顔を覆った。

かっとなることなどめったにない。我を忘れた自分が情けない。だが、あの質問は……。

ルーにはわかってくれる人など誰もいない。

家族の中でぼくだけが違う。忌むべき存在なのだ。それでも、かつては兄弟三人ともにアラブの将来を担うプリンスとして、同じように育てられた。

妹を含めた五人きょうだいのうち、上から二番目のザイドは、父のお気に入りだった。なぜかと考えたことはない。素直に父の愛を受け取った。幼いころは、運命がほほ笑みかけてくれていた。

だが、祝福された人生とならなかった。それどころか、呪《のろ》われた存在となってしまった。だからこそ、家族に呪いが降りかからないよう、国を遠く離れたのだ。

愛のない夫婦であれば、呪いは結婚生活に災いしないかもしれない。それを期待するしかない。

4

ルーは寝室のドアを見つめていた。ザイドを怒らせてしまった。妻を守るという点が問題だったのはわかるけれど、どの言葉が気に障ったのだろう。謝らなければ。こんなときに、彼との間に波風を立てるのはまずい。

十五分後、乗務員がお茶をつぎ足すために現れた。さらに十五分後、食器が下げられ、テーブルがしまわれた。

「あと五十分ほどで着きますが、何かほかにお持ちしましょうか？」乗務員がルーにほほ笑んだ。

ルーはかぶりを振ってから礼を言った。

着陸態勢に入るとパイロットが告げたとき、ザイドが戻ってきてルーの向かい側に座った。まったくの無表情だ。

「さっきはごめんなさい」ルーはぎこちなく謝った。

「君は何も悪くない」

「私はずけずけものを言ってしまうところがあるのよ」

「正直なほうがいい」

「あれこれ質問したし」

「それが君の仕事だ」

確かにそうだけれど……。

ザイドは窓の外を見ている。ルーも唇の内側を噛《か》み、窓の外に目を転じた。着陸するまで、二人は言葉を交わさなかった。

専用機はサルク空軍空港に着陸した。車輪が滑走路をかすめたとき、ザイドが口を開いた。「普段フエール家は王室専用の空港を使うが、シャリフの事故があったため、安全を期して軍に護衛されることになったんだ」

武器を持った兵士や黒いスーツ姿の警護員がずらりと並ぶ中、二人はタラップを下りていった。

黒い滑走路は午後の太陽に照りつけられ、熱気が立ちのぼっている。十月末なのに、三十度を超える暑さだ。グレーのウールのスーツを着ているルーは、息苦しさを覚えた。

「暑いわね」ルーはこちらを振り返ったザイドに言った。

「この間よりはましさ」彼はタラップの途中で立ち止まっているルーに手を差しだした。

ルーはその手を、そして顔を見た。ザイドにはまだよそよそしさが残っている。これでいい、とルーは自分に言い聞かせた。彼とは距離をおくほうがいい。ただ、どうしても彼のことを案じてしまう。その点が気がかりだった。心配などしたくないのに。

しぶしぶ手をあずけたルーは、彼の肌に触れた瞬間、感電したような衝撃に飛びあがりそうになった。

滑走路に降り立ったザイドは、ルーが持っているブリーフケースを指し示した。「それは誰かに運ばせよう」

「ノートパソコンと書類が入っているの」

「宮殿に入る際、荷物はすべてチェックされる」

「わかったわ」ルーはブリーフケースをザイドに渡した。「できるだけ早く戻してもらえる？」

「わかった」ザイドは請け合い、待ち受けていた警護員のひとりにブリーフケースを渡した。

防弾ガラスを備えた装甲自動車で宮殿へと向かう。

二人の間に会話はない。柔らかな革張りのシートにザイドと並んで座ったルーは、居心地の悪さにじっと耐えていた。

接触していないのに、触れられているように感じてしまう。彼を意識するにつれ、ますます体は熱く、鼓動は速くなっていく。

どうしてほかの男性と同じように扱えないの？　自分がみすぼらしく、ぎこちなく、退屈な女に思えてしまうのはなぜ？

彼が好きだからよ、と心の中でかすかな声がした。彼に好かれたいと思っているから。

ばかばかしい！　ザイドは人として底が浅く、自分勝手で信用できない。そんな人を好きになるはずがない。そうでしょう？

ところが、いきなり彼がこちらに向き直り、金色の瞳で見つめた。そのとたん、ルーの胃が宙返りした。サルクに来るんじゃなかったわ……。

「ここはイシ、サルクの首都だ」ザイドが窓の外を顎で示した。

ルーはほっとして視線を窓の外に転じた。強烈な陽光を浴びて街はぎらぎら輝いている。椰子《やし》の木の並ぶ広い通りに面した建物は新しいものが多く、噴水もそこかしこに見える。長衣姿の女性も見かけるが、西洋風のおしゃれな服を着た女性も多い。

装甲仕様のベンツのリムジンが何台も連なり、長い私道を進んでいく。道の両側にそびえる漆喰《しっくい》塗りの外壁には紫とピンクのブーゲンビリアが這《は》い、ところどころに植えられた背の高い椰子が道に影を落としていた。

車は木と鉄でできた巨大な門の前で止まった。三メートルはあろうかと思われる門がおもむろに開いた。外壁はさらに続く。やがて、おとぎ話に出てくるような円屋根やアーチのある、ピンクの平屋建ての建物が見えてきた。

「あれが宮殿だ」ザイドがぶっきらぼうに言った。

誇りと苦悩の入りまじる彼の表情をルーは見やり、それから建物へと視線を戻した。

見事な彫刻を施した円柱と、金色でアーチ型の屋根がある玄関に、白い長衣姿の使用人が勢ぞろいしている。プリンスのご帰還というわけだ。

警護員が車のドアを開け、一歩下がった。ザイドは車を出るや、またもルーに手を差し伸べ、彼女がスカートのしわを伸ばすのを待った。

無言で頭を下げている使用人たちの間を通り、二人は宮殿の中に入った。内部はとても涼しい。

外装は繊細な花を思わせる淡いピンク色だが、内部の壁は白く、天井は金と青のモザイク模様に彩られている。柱の並ぶ廊下は四方に伸び、広々としたホールには高価な彫刻作品がいくつも置かれていた。

宮殿には何度か足を踏み入れたことのあるルーだったが、これほど美しく、エキゾチックな宮殿は初めてだった。まるで『アラビアンナイト』の世界か、ハリウッド映画のセットのようだ。

「すばらしい宮殿ね。ここで育ったの？」

ザイドの口もとに悲しげな笑みが浮かんだ。少年時代の彼に思いを馳《は》せたくなるその笑みに、ルーは心臓が宙返りしそうになった。

「ここがぼくの家だ」

ルーは彼を守ってやりたいような、妙な気持ちに襲われた。「あなたはプリンスなのよね」

ザイドの笑みが薄らいでいく。「ぼくの言動を見ていると、とてもそうは思えないと？」

「違うわ！」思わず彼の袖《そで》をつかんでしまい、ルーははっとした。一般人は王族に手を触れてはならない定めがあるかもしれない。彼女はばつの悪い思いで手を引っこめてこぶしを固め、自分の背中にまわした。「仕事に取りかかりたいから、机を用意してくれる？」

ザイドは使用人に何か言いつけ、ルーに面と向かった。「うちの家族専用の一室を君のために用意してある」ルーの表情を見て、言い添える。「心配しなくていい。ずっと使っていなかった部屋だ。日当たりもよく、専用の小さな庭もついている」

白い長衣姿の使用人が進み出て、ルーにお辞儀をした。「ご案内いたします」

　立ち並ぶ柱が優雅なアーチを描く廊下を進み、部屋へと向かう。そこはただの部屋ではなかった。ホテルのスイートルームのように、いくつもの部屋がある。石段を下りたところが居間だ。アーチ型のガラス戸から太陽の光が差しこみ、とても明るく、ソファに置かれたシルクの枕《まくら》が宝石のように輝いている。居間の中央には低いテーブルがあり、珊瑚《さんご》色の薔薇《ばら》を生けた大きな花瓶が置いてある。部屋は薔薇のかぐわしい香りに満ちていた。

　長衣姿の若い女性が現れた。「ようこそ」恥ずかしそうに言い、お辞儀をした。「お世話をさせていただきますマナーです」

「ありがとう、マナー。でも、あなたにしていただくことは何もないわ。パソコンさえ届けば」

「こちらにございます」マナーは部屋の片隅を指し示した。小さなアンティークの机があり、その上にブリーフケースがある。机は庭がよく見える向きに置かれていた。

「すばらしいわ」ルーはスーツの袖をまくりあげ、そちらに向かった。

「お風呂や着替えはよろしいのですか？」

　パソコンが使えるよう、さっそく作業に取りかかっていたルーは、振り返ってマナーを見た。「ありがとう。でも、これでいいわ」

　電源を入れるなり、ルーの頭の中は仕事のことでいっぱいになった。読書灯の位置を調節し、ノート類をパソコンの横に積みあげ、今までに得た情報を打ちこみにかかった。だが、指が思うように動かない。

　こんなやり方でザイドの妻探しを手伝うのは間違っている。彼に必要なのは恋愛結婚だと直感が語りかけてくる。ザイドは見かけよりも深い感情の持ち主だ。でも、彼は私の直感など求めていない。求めているのは、ふさわしい伴侶《はんりょ》を見つけだす技術だけだ。せめて、時間がたっぷりあればいいのに。

さっさと入力するのよ。ルーは自分に命じた。だが、それでも指が反応しない。

ルーはいらだち、目を閉じた。まぶたの裏にザイドの横顔が浮かぶ。美しいが、苦悩が刻まれている。彼は何かほかにも悩みを抱えているのではないか、とルーは感じた。どんな悩み？

なぜ彼のことをあれこれ考えてしまうのだろう。仕事をするためにここに来たはずよ。

ルーは感情に流されずに今までやってきた。科学者にとって、感情は敵だ。思考、論理、道理こそが科学的理論の基盤となる。大切なのは理論だ。研究し、実証すること。

それでも……感情はあまりに強く、抑えきれない。心の痛みは頭痛へと変わりつつあった。

ルーは机に両肘をつき、両手に顔をうずめた。

彼への思いを断ち切れずにいる。ばかね、本当にばかだわ。

ルーはしばらくそのままの姿勢でいた。やがて本能が目を覚ました。するべきことをして、できるだけ早くここを去らなくては。ザイドは危険だ。油断していたら、彼は私の弱みにつけ入り、心をずたずたに引き裂いてしまうだろう。

入力を終えたとき、外の庭には薄紫色の影が落ち始めていた。プロフィールがついにできあがった。ルーの作ったプログラムが、候補者を選ぶ作業を行っている。やがて、候補者リストが画面に表示された。三十人。悪くない。候補者のプロフィールに目を通していたとき、マナーがやってきた。

「殿下がお会いしたいそうです。お通ししてよろしいですか」

「ええ、もちろんよ」ルーは立ちあがり、髪に手を走らせた。くしを使う間もなく、ザイドが入ってきた。

「最初の候補者を選びだしたわ」ルーは硬い口調で告げた。「印刷しましょうか、それとも、今この場で――」

「やはり兄の飛行機だった。生存者がいたとは思えない」

ルーはよろよろと椅子に腰を下ろした。「そんな……」

「遺体は黒焦げで、確認はほぼ不可能だ」ザイドは両手をだらりと垂らしている。その表情も、声も、絶望をはっきりと物語っていた。「今、歯型の記録を取り寄せているところだ」

ルーは無言のまま彼を見つめた。悲しみと恐怖とで胸が震えている。「奥さまは？」

「取り乱している」

ルーは下唇を強く噛み、こみあげる涙を押しとどめようとした。

「残念だ」

何年も忘れていた感情が一気にこみあげ、ルーは胸を炎で焼かれているような気がした。「お気の毒に。ご家族のことを思うと本当に――」

「事態を収拾しなければならない」

「ええ、もちろんよ」

ザイドが居間へと下りてきた。そのとき、ルーは彼が白い長衣を着ているのに初めて気づいた。彼がサルクの伝統衣装をまとった姿を見るのは、これが初めてだ。

「しかし、時間があまりない。即位は四十八時間後だ」

ルーは彼の長衣からブロンズ色の顔へと視線を移した。髭《ひげ》を剃《そ》ったばかりで、高い頬骨が際立って見える。「そんなすぐに？」

「四十八時間以内に王妃を見つけられるか？」

見つけられたところで、お祝いするどころではないだろう。国全体が悲しみに暮れるはずだ。「候補者ならなんとか……」

「いや、候補者ではなく妻だ」

「でも、お兄さんが亡くなったのを知ってから、わずか二日で結婚して国王になるなんて。そんなこと、誰も期待していないと思うわ」

ザイドは一段低くなった居間の中央で立ち止まり、みずみずしい薔薇の花を見下ろした。「国王はほかの人間とは違う。国のために自らを犠牲にする」つぼみをひとつ取り、香りをかぐ。「この薔薇は妹たちの死後に植えられた。シャリフは父と母のためにと妹の記念庭園を造り、自ら土を掘って薔薇を植えた」ザイドは顔を上げ、ルーを見た。「早急に国王となり、兄の名誉をたたえ、この国のために尽くす。それがぼくにできるせめてものことだ」

ザイドは薔薇を手にしたまま立ち去ろうと背を向けたが、石段のところで立ち止まった。

「プリンターを運ばせよう。候補者の略歴を印刷しておいてくれ。あとで話し合いたい」

「今は見たくないの？」

「緊急の閣議が開かれるから、時間がない」

「私はいつでもいいわ」

ザイドはうなずき、うつろな目で部屋を見まわした。「生きていると信じていた。絶対に生きていると……」

ルーは喉がつかえ、唾《つば》をのみこんだ。「身元確認はこれからよ」

ザイドは首を大きく左右に振った。「もう希望にしがみつくのはごめんだ。失望が大きすぎる」息を深く吸い、吐きだした。「ディナーのときに話そう。そのときプリントアウトを持ってきてくれ」

「わかったわ」

ザイドは立ち去った。

ルーは身じろぎもせず、椅子に座ったままだった。目も喉もひりひりする。どのくらい座っていたのか、廊下から足音が聞こえ、マナーが現れた。

「プリンターが届きました」

届いたのはプリンターだけではなかった。コピー機、机、そして山のような紙。こんな状況だというのに、ザイドは覚えていたのだ。居間の一角にL字型の仕事場ができあがっていく。ルーは立って見ているだけだった。使用人は最後に石の床に延長コードをテープで留め、立ち去った。

ルーは最初の十名分のデータを印刷し、念のためにあと十名分、印刷することにした。

準備は整った。ディナーまでは数時間ある。ルーは仮眠をとり、ゆっくり風呂につかって、今まで着ていたグレーのスーツを再び身につけた。服はあまり持ってきていない。これは上等のスーツだから、と自分に言い聞かせる。私が何を着ていようと、ザイドは気にも留めないだろう。

髪はドライヤーで乾かしてからねじり、簡素な形に結いあげた。ルーは化粧をしたことがなかった。アクセサリーもめったにつけない。それが賢明で合理的だと思っていたが、一度でいいから愛されたい、美しいと思われたいという思いもあった。

九時きっかりにマナーが現れた。ルーは革張りの書類挟みを手に取り、部屋を出た。

宮殿内の別の翼へと向かう。マナーに案内されたのは、こぢんまりした食事室だった。金の巨大なシャンデリアが輝き、低いテーブルの上ではろうそくが柔らかな光を放っている。床には青い大型のクッションがいくつも置かれ、壁には暗色のついたてが並んでいた。濃紺の丸天井には細い金がはめこまれ、美しい。

マナーはお辞儀をして立ち去った。ルーはついたてをひとつずつ見ていった。鳥や花の彫刻が施されている。最後の一枚の前で、ふと振り返った。ザイドがドアのところに立ち、彼女を見つめていた。

ルーの脈が速くなった。「気づかなかったわ」

ザイドは優雅な足どりで部屋に入ってきた。ろうそくの明かりに照らされた髪はオニキスのように輝き、つややかな肌は金色に見える。

「だいぶ待ったかい？」

「ほんの数分よ。すてきなついたてね」

「ぼくも気に入っている。モロッコ製で十六世紀のものだ。かつてはハーレムで間仕切りとして使われていた」

「だからこんなにゴージャスなのね。美しい女性は美しいもので囲まれていなくては」ルーは緊張を悟られまいと、努めて軽い口調を心がけた。

ザイドはふくらんだクッションのひとつに座り、すぐそばのクッションに座るようルーに指し示した。

「見せてもらおうか」

示されたターコイズブルーのクッションに用心深く座ったルーは、スカートの裾《すそ》が腿まで上がってしまい、顔を赤らめた。脚を隠そうと、書類挟みを膝の上で広げる。「これが最初の十人の略歴よ。候補は全部で三十人いるけれど、とりあえず二十人分用意したわ」ルーは写真と短い略歴のついた書類を渡した。

ザイドは黙って見ていき、最後の一枚まで目を通した。

「よさそうな人はいない？」ルーは次の十人分の書類を取りだした。

「いや、可能性は確かにある」

「よかった」うれしそうに言おうとしたものの、ルーは素直に喜べなかった。理不尽な願いとわかっていても、候補者を気に入ってほしくない。

私を気に入ってほしいから。

ばかね。無理に決まっているわ。

ザイドは書類をルーに返した。「専門家としての君の意見を聞きたい。この中からお勧めを三人選んでくれ」

ルーはかすかに震える手で書類をきちんとそろえ、彼を見た。「それは無理よ」

「なぜ？」

「私はあなたではないもの。価値観も好みも違うでしょう」

「違うかどうか君にはわからないはずだ」

ザイドがシャリフに宛《あ》てた、あの不愉快なメールが思い出される。「わかっているつもりよ」彼と語り合ったあの晩は本当に楽しかったのに。

「相性さえよければいいんだ」

「わかったわ」ルーは頬を紅潮させ、書類をめくっていった。ジャネット・ガーディナー、黒髪のフランス系カナダ人、法律学教授。サラ・オリアリー、赤毛、アイルランド出身、ジャーナリスト。ギゼル・サンチェス、暗色の金髪、ブエノスアイレス出身、銀行役員。「この三人ね。いずれも頭脳明晰《めいせき》で、成功を収め、自立しているわ。とても美しいし」

だが、ザイドは書類ではなく、ルーを見つめていた。「なぜこの三人を選んだ？」

目も喉もひりひりする。こんなにも感情に翻弄されるなんて。「あなたの希望どおりだからよ」

ザイドは眉を寄せた。「怒っているね」

「怒ってなんかいないわ」

「じゃあ、どうしてぼくを見ようとしない？」

「見る必要がないからよ」

「泣きそうじゃないか」

ルーは顔をそむけ、唇を噛んだ。自分の弱さと感情に裏切られた気持ちだった。科学者として自分の仕事に打ちこむべきなのに。

ザイドは手を伸ばし、指先でルーの目の下をぬぐった。涙の小さなしずくが指を濡《ぬ》らす。「泣いているね」

「違うわ」だが、胸はますます締めつけられる。やはり、ここに来るべきではなかった。

ザイドは涙のしずくがついた指先をルーの目の前に示した。「じゃあ、これは？」

「涙よ」

「なぜ？」

「なぜですって？」ルーは声を荒らげた。「悲しいからよ。私だって女性で、感情を備えているのに、あなたはまるで博物館かロボットのように思っている」冷静さを失い、抑制もきかない。ザイドがバンクーバーのホテルに現れてからというもの、自分の気持ちに無理を強いている。今ほど自分が愚かに感じたことはなかった。

「ロボットなどと言った覚えはないが」

「そうだったわね。科学博物館みたいに退屈だと思っただけだった！」

一瞬の間をおき、ザイドは口を開いた。「知っていたのか？」

言わなければよかった、とルーは悔やんだ。「シャリフは私に見せるつもりじゃなかったの」

「だから、ぼくを嫌っているんだな」

「あなたにとっては笑い話でしょうけれど、私には――」

キスで口をふさがれ、ルーは身をこわばらせた。ザイドの胸に手を置き、押し返そうとしたが、手のひらに彼のぬくもりと鼓動が伝わってくる。がっしりした筋肉の感触も、香辛料のような香りも。彼を押しやるはずが、知らず知らず長衣をつかんでいた。

ルーの降伏を察したのか、ザイドがキスを深めた。熱く、激しく、むさぼるように。キスをされたことは今までにもあったが、こんなキスは初めてだった。唇をこじ開けられ、ザイドの舌が下唇に触れ、侵入してくる。自分のものだと言わんばかりに味わっている。めまいのような興奮が幾重にも押し寄せてきた。

ザイドを止めなければ。そう思うのに、体が言うことを聞かない。手足は重く、まったく力が入らない。背中に震えが走り、腹部が熱くうずいて、鼓動まで興奮のリズムを刻んでいる。ルーにとって、それは実に不思議で、すばらしい感覚だった。

特に、腹部の熱いうずきは強烈で、自分が今までいかにうつろな思いを抱えてきたか、ルーは思わずにいられなかった。

キスは唐突に終わった。ルーは気づかなかったが、執事がやってきたのだ。ザイドはすばやく身を引き離した。

執事がザイドに静かな口調で話している間、ルーはクッションの上でぼうっとしていた。二人が何を話しているのかさっぱりわからない。執事が立ち去り、ザイドが彼女のほうに向き直った。


「出かけることになった」

ルーはザイドの顎に目の焦点を合わせ、それから彼の目を見つめた。「わかったわ」

ザイドはルーの頬に手を触れ、顔をしかめてその手を引っこめた。「母が倒れ、病院に運ばれた」

ルーは目をしばたたいた。まだ血が熱く、甘く沸き立っているものの、徐々に頭が働き始めた。「大丈夫かしら?」

「ただのショックだろう」

「そうだといいわね」

ザイドはまだ立ち去らない。紅潮したルーの顔をじっと見つめている。言うべき言葉を慎重に選んでいるという感じだ。

「あのメールだが……君への当てつけじゃなかったんだ」

そう言われても、傷つく文面だったことに変わりはない。「わかっているわ」

「君を傷つけるつもりは毛頭なかった」

謝ってくれなくていい。こんな状況じゃなければいいのに。私がもっと美しく、快活で、魅力的だったら……。「わかっているわ」

「だが、傷ついただろう」

ルーは口を開いた。しかし声にならない。あの文面でどんなに傷ついたことか。ザイドが好きだった。彼も私を好きだと思いこみ、ロマンチックな夢を見ていた。「もうすんだことよ。今ではなんとも思っていないわ」

「この件について話し合う必要があると思う。けれど、今は時間が――」

「私は話し合いたくないわ。あなたはお母さまのところへ行かなくては。私もするべきことがいろいろあるし」ルーはぎこちない動作で立ちあがった。優雅に振る舞えないのが悲しい。「部屋に戻って、三人の候補に連絡をとってみるわ」

ザイドも立ちあがった。流れるような、優雅な動作だ。「病院から戻ったら君の部屋に行く」

「心配しないで。あなたにはするべきことがたくさんあるでしょう。私も遊びに来たわけじゃないわ」

ザイドは不機嫌そうな顔をして言った。「食事は部屋に運ばせよう」

「私のことはいいから、早くお母さまのところへ行ってあげて」

ザイドはしばらくルーを見つめ、そして出ていった。白い長衣を翻し、肩をいからせて去る彼の後ろ姿をルーはちらりと見やった。それから荷物をまとめて自室へと向かった。キスのことも、唇が妙に柔らかくなっていることも、考えたくなかった。

5

病院の前からリムジンが発進した。ザイドは革張りのシートにもたれ、目を閉じた。母の健康にはなんの問題もなく、入院は母が息子を呼びつけるための方便と判明した。心配するには及ばない。問題は戴冠《たいかん》式、そして妻探しだ。必要なら候補者を明日にも用意する、と母は言った。

それから、ルーのこともある。

なぜキスなどしてしまったのだろう？

ドクター・トーネルに、魅力を感じたことはない。キスをしたいと思ったためしもなかったのに、あのキスは……。あんな熱いキスをする女性だとは夢にも思わなかった。

シャリフに宛《あ》てたあのメールをルーは知っていた。どんな文面だったかはっきりとは覚えていないが、辛辣《しんらつ》な内容だったのは間違いない。あれは妙な教え子を抱えたシャリフに対する嫌みだった。

ザイドは我が身を恥じた。彼が家族に迷惑をかけるのは今に始まったことではない。耐えがたくなるほどの罪悪感を覚えることもしばしばで、この十九年間、我が身を滅ぼしかねないまねを幾度となく繰り返してきた。だが、神は死なせてくれなかった。生かしてもくれない。

ザイドは即物的な欲求を満たすことに重きを置いて生きてきた。スピードの出る車、すぐにベッドをともにする女性……。だが、楽しいと感じたことはなかった。

できるなら、これから償いをしたい。それで呪《のろ》いを断ち切れるものなら。

十分後、車は宮殿へと続く長い私道に入った。ザイドは落ち着きを失い、座ったままもぞもぞと体を動かした。

病院から戻ったら君の部屋に行く、とルーに約束した。距離を保っていれば、冷たい科学者というのが単なる見かけにすぎないことを知らずにすんだのだが。

宮殿に着いたザイドは、まっすぐルーの部屋へ向かった。明かりはまだついている。石段を下り、居間に入ったが、ルーの姿はなく、低いテーブルに銀の皿が並んでいる。ザイドは皿のふたをひとつずつ持ちあげてみた。香りのよいライス、肉の串焼《くしや》き、車海老《くるまえび》のソテー、香辛料をきかせた魚の蒸しもの、じゃがいも、豆、アーティチョーク。どれも手をつけた形跡がない。

ザイドは立ち去りかけ、ふと机のほうを見た。ルーだ。右手をキーボードに置き、左腕と頬をノートの山にのせて眠っている。

ザイドは一歩近づいた。さらにもう一歩。ルーはあの無粋なグレーのスーツを着たままだが、下ろした淡い金髪が滝のように腕にこぼれていた。眠っていると表情が穏やかで、唇もふっくらしている。びっくりするほど傷つきやすく見えた。

ザイドは戸惑い、そのまま立ち去ろうとしたが、ベッドに行くよう声をかけるくらいはするべきだと思い直した。頼んで来てもらったのだから。

「ドクター・トーネル、起きるんだ」ザイドは彼女の肩に軽く手を添え、呼びかけた。「こんなところで寝てはだめだ」

だが、ルーは目を覚まさない。ザイドは再び肩に手をかけてそっと揺すった。

「ルー」

ルーは眠そうに顔を上げ、彼を見た。「ハーイ」なんとなくだけた言葉だろう。およそルー・トーネルに似つかわしくない。化粧っ気のない顔にザイドは視線を走らせた。柔らかく豊かな唇。長いまつげは驚くほど濃い。彼は思わず手の甲でルーの頬を撫《な》でた。肌は温かく柔らかい。「もう真夜中だ。ベッドに行かないと」

ルーは状況を思い出し、はじかれたように身を起こした。「お母さまの具合は？」

「ヒステリックで、つき合うのが大変だ。昔からずっとそうさ」ザイドは肩をすくめた。

ルーは顔を曇らせた。「お母さまとはあまりいい関係ではないの？」

ザイドは机の角に腰を下ろした。「もう何年も会っていなかった」

「どうして？」

「何かと出しゃばり、自分の思いどおりにしようとするからだ。シャリフの家族に対する仕打ちを見ていて、あんなまねはぼくにはさせるものかと心に誓った」

「それでも、今夜はお見舞いに行ったのね」

「母親だからな」

「あなたのことをよく知らなかったら、とてもいい人だと思ってしまうわ」

ザイドは苦笑した。「幸い、君はぼくをよく知っている」

「幸い、ね」

ザイドは胸に迫るものを感じた。「さっきはすまなかった」

「もう忘れたわ」

ザイドは片方の眉を上げた。「キスのこと、それともメールのことかい？」

「どちらもよ」

「そんなに簡単に許してくれるのか？」

ルーは肩をすくめた。「私は割り切って考えることができるタイプだから」

「また科学者の仮面をつけたな」

「仮面じゃないわ、これが私よ」

「キスも、なんでもなかったと?」

「ええ、そうよ」ルーはきっぱりと答えた。「お互いストレスを感じていたから。もうすんだことよ」

「でも、あれはよかった」

「知らない」ルーは頬を真っ赤に染め、つんと澄まして言った。

ザイドは低く笑った。なんとも腹立たしい女性だが、それでいて妙におもしろい。思わず頬骨に手を伸ばし、それから顎、小さくまっすぐな鼻、最後に上唇に触れた。

ルーは身を引いた。「私は候補者じゃないわ!」

「立派な候補者だと思う」彼は穏やかに応じた。

ルーは机に手をつき、立ちあがった。「冗談を言っている場合では――」

「もっとまじめに考えろと言いたいのか?」科学者の仮面をつけたルーより、今みたいに感情的になったルーのほうがはるかにいい。生き生きとして、より女らしく、より強く感じられる。怒りっぽいのが難点だが、それも彼女らしい。

「ええ、そうよ」

ザイドは大きく上下している胸を見つめ、脚へと視線を下ろしていった。ハイヒールを履いていないのに、なんと形のよい脚だろう。膝にキスをしたい。その裏側にも。

ルーはきっと身を震わせる。女性なら誰でもそうするだろうが、とりわけ彼女なら。本人が装っているイメージとはかけ離れているに違いないからだ。

「危機的状況については充分に認識している。だが、ぼくは男でもある。そして君は女だ」

「いいえ」

「えっ?」ザイドは思わず耳を疑った。

ルーは真っ赤になった。「あなたにふさわしい女性ではないという意味よ。これは引力の法則に関する話だから」

「引力の法則？」

「私の研究分野よ」ルーは長い髪を耳にかけながら説明した。「ロマンチックな愛は、化学物質やホルモンによって脳の一部が活性化して生じるの」

「じゃあ、ぼくの脳は君を魅力的だと見なさないと言うのかい？」

「そのとおりよ」

ザイドは唇の端を上げた。「ぼくの脳のことをずいぶん知っているんだな」

「男性は衝動に駆られやすいの。特に性衝動にね。でも、それは真に魅力を感じたとか、相性がいいとかいうのとは違う。私たちが考えなければいけないのは相性の問題よ」

ザイドはうなずいたが、話はろくに聞いていなかった。ルーには愛の営みが必要だ。ベッドで二時間ほど過ごし、何度かのぼりつめたら、今とはまったく違う女性に見えるだろう。青い瞳から鋭さが消え、顔も紅潮して、あの甘くふっくらした唇はキスで腫《は》れあがるはずだ。

結婚など考えていなければ、愛にまつわる別の側面をルーに教えてやれるのだが。科学の教科書に出ているようなものだけが愛ではない。愛には技術と忍耐と欲望が伴う。

「あなたに奥さまを見つけるために、ここまでやってきたのよ」

「そうだね」ザイドはルーの脚を、シルクのような髪を、色濃く染まった頬を見やり、にやりとした。

「では、今後は事務的な関係を保っていきましょう。キスとかはなしで――」

「ぼくは君を誤解していたようだ。君はとてもおもしろい。それに、その気になれば、すごく魅力的になる。男は挑戦を好む。ガードの堅いドクター・トーネル、君はまさに挑戦そのものだ」ザイドは笑みを投げかけ、去っていった。

ルーは居間の白いソファに身を投げだし、深紅のクッションをきつく抱きしめた。ガードが堅いですって？　よくもそんなことが言えるものね。傲慢《ごうまん》の極みだわ。そう、ザイドはそういう人なのよ。

ザイドにぴったりの相手なんて見つけられるわけがない。まともな女性なら、ザイドのような男性を選ぶものですか。

ルーは唇を嚙《か》み、目を閉じて、さっきの出来事を思い出さないよう努めた。彼のキス、我が身の反応……。

ああ、早くここから立ち去らなければ。

ベッドに入っても、ルーはなかなか眠れなかった。何度も寝返りを打ったあげく、ついに明かりをつけて本を開いた。しかし、目は文字を追っていても、ザイドのことが頭から離れない。

今までに経験したキスとはまったく違っていた。切なくなるような、焼けつくようなキスだった。セックスを楽しめたことは一度もないが、ザイドとなら違うかもしれない。

理性が勝ちすぎている、とルーはいつも言われてきた。不安のせいで、感情をあらわにするまいと努めているせいかもしれない。体が反応することは一度もなかった。だが、ザイドにキスをされたとき、我が身に新たな命を吹きこまれた気がした。体が自ら欲したとしか言いようがなかった。

ここを去れば、あの感覚を味わうことは二度とないだろう。

ルーが眠りに落ちたのは三時近かった。八時ごろに目が覚めたが、ひどい頭痛がしてやっとのことでベッドから這《は》いだし、両開きのガラス戸から外を見た。太陽がのぼりつつあり、空はピンクと薔薇《ばら》色に染まっていた。

淡い青のパジャマ姿のまま、ルーは髪をポニーテールにまとめた。それから眼鏡をかけ、ノートパソコンを手に取ると、ソファに腰を下ろしてメールをチェックした。

昨夜、三人の候補者に連絡したが、まだ誰からも返事がない。ルーは思わずほっとし、そんな自分をたしなめた。もう一度連絡してみようか。でも、無駄だわ。

あと二十四時間とか三十六時間とか、そんな短期間で花嫁を見つけるなんて無理よ。今すぐ王室専用機に乗りこんでサルクに来て、ザイドと一時間ほど話して結婚を承諾する女性などいるわけがない。

ザイドの知り合いの女性はどうだろう。かつての友人とか、家族ぐるみの交際をしている女性とか。

思いつきを書きとめようとノートを開いたとき、ドアが静かにノックされた。マナーがコーヒーを持ってきてくれたのだろう。「どうぞ」

だが、柱の陰から現れたのは、シンプルなクリーム色のドレスを着た黒髪の女性だった。石段で立ち止まり、弱々しい笑みを浮かべている。

「ろくにおもてなしもできず、ごめんなさい。もっと早くにご挨拶《あいさつ》するべきだったのに。ジェスリン・フェールです」

「フェール王妃」ルーは慌てて立ちあがり、シャリフの妻に駆け寄った。「もてなしていただくなんて、とんでもございません。こんなときにお邪魔して、こちらこそおわびしなくては。今はするべきことがたくさんおありでしょうに」

「何をしていても忘れられないのよ。子どもたちと一緒にいても」

間近に見る王妃は顔色が悪く、目の下に濃い隈《くま》ができている。「お体は大丈夫ですか？」ルーは案じた。

ジェスリンはほほ笑もうと努めたが、できなかった。

た。「夫がいなければやっていけないわ」

「どうぞ、こちらにお座りください」ルーはソファを示した。「こんな格好で申し訳ありません。パジャマで仕事をするのが好きで」

「仕事をするにはいちばん楽だものね。教師をしていたころは、週末というとパジャマのままで採点をしていたわ。何か召しあがる？」ジェスリンはルーの向かいに腰を下ろした。

「私は別に――」

「私もまだなの。もしよろしかったら、ここでおしゃべりしながら朝食をご一緒したいわ」

シャリフがジェスリンを愛したのもうなずける。美しいだけではなく、落ち着きと謙虚さを兼ね備えている。改めて悲しみがわき、ルーは胸を締めつけられた。「ええ、私はちっともかまいません」

ジェスリンは手を伸ばし、低いコーヒーテーブルの脚についているボタンを押した。まもなく長衣姿の使用人が現れた。

「なんでしょう、妃殿下？」

「メータ、コーヒーを二人分運んでもらえる？　もしペストリーがあったら、それも一緒に」

メータが去ってから、ジェスリンは居間を見まわした。

「初めてこの宮殿に来たときに泊まったのがこの部屋なの。美しい部屋でしょう？」

「本当にすばらしいわ」

「もう庭に出てみた？」

「いいえ。あとで出てみようと思って」

王妃はうわの空でうなずいた。「ここは私の大切な人たちの部屋だったのよ」

「大切な人たち？」

「双子のジャミラとアマンよ。二人が亡くなってからこの部屋を使ったのは、あなたと私だけじゃないかしら」

ルーは驚いた。「お友だちだったのですか?」

「最高の友人だったわ。学校で出会い、その後はアパートメントで同居して……。休暇でギリシアを旅行していたときに事故に遭ったの。そのときよ、シャリフに出会ったのは。アマンが亡くなる前日に、病院でね」ジェスリンが目をしばたたき、ルーを見つめた。「彼なしでは生きていけない。私には彼がすべてなの」涙をこらえ、なんとか笑みを浮かべて話題を変える。「シャリフをご存じなのよね?」

ルーもまばたきをして涙をこらえた。「ええ。ケンブリッジ大学でフェール奨学金を得たので。彼はすばらしい指導者でした」

ジェスリンの表情が明るくなった。「じゃあ、心理学者ってあなたのことなのね?」

「はい」

「そして、ザイドと知り合いになったのね。人のつながりっておもしろいわ。シャリフが言っていたの、いいことは必ず悪いことから生じるものだって。彼の言うとおりかもしれない。今回も、もしかしたら、これからいい形になっていくのかも」

メータがコーヒーを運んできた。そのすぐ後ろにマナーがトレイを手にして続く。搾りたてのオレンジジュース、香りのよいペストリー、そして濃厚なヨーグルト。

ジェスリンとルーがコーヒーをすすりながら語り合っていたとき、ザイドがやってきた。

ザイドはジェスリンに歩み寄り、両頬にキスをしてから、ルーを振り返った。「おや、今日はグレーのスーツじゃないんだね」

髭《ひげ》を剃《そ》ったばかりで髪もまだ濡《ぬ》れている彼は、黒いスラックスに白い麻のシャツといういでたちで、実に洗練されている。我が身を顧みてルーは肩身が狭くなった。

「着替える暇がなかったのよ」パジャマで王妃を出

迎えたばかりか、ザイドにまでこんな姿をさらすなんて。

「あのスーツもいいが、今日はとても暑くなる。あとで君に庭園を案内しよう」

「じゃあ、私はこれで失礼するわ」ジェスリンはカップを置き、立ちあがった。ザイドにキスをし、ルーに温かいほほ笑みを向ける。「あとで子どもたちをプールに入れるから、もしお時間があったらぜひ来てね。みんな新しい叔母さんに会いたがっているの」王妃はもう一度ほほ笑み、立ち去った。

ザイドとルーは見つめ合った。

「今、なんて言ったの？　叔母さん？」

ザイドは眉間《みけん》にしわを寄せ、ジェスリンが出ていったほうを見やった。「ぼくにもそう聞こえた」

「勘違いされているんだわ」ルーはポニーテールのゴムを外し、髪を下ろした。「そうでしょう？」

ザイドは両手を腰に当てた。まだ廊下のほうを見ている。「さあ」

「さあって、どういうこと？　だって、私たちが……」ルーは急いで息を吸いこんだ。「私が心理学者なのも、仕事でここに来たことも、ジェスリンは知っているのよ」

沈黙が続く。しびれを切らしてルーが再び口を開こうとしたとき、ザイドが彼女を見て肩をすくめた。

「君がぼくのフィアンセだと思いこんでいるのかもしれないな」

「いったいどうして？」

「次に帰国するときはフィアンセを連れてくる、とこの間言ったから」

ルーはぎょっとして彼を見つめた。「みんなそう思っているのかしら？」

「君に妹たちの部屋があてがわれたのは、そうとしか考えられない。ここはごく身近な家族しか使っていないんだ」

ジェスリンは一緒に食事をしながら、そんなふうに思っていたの？　私がいずれ義理の妹になると？「今すぐ王妃に説明しに行って。私があなたのフィアンセではないと、みんなに説明してちょうだい。本当のフィアンセがここに来たとき、いやな思いをさせたくないわ」

「で、いつ本当のフィアンセが来るんだい、ドクター・トーネル？　今夜か？　明日か？　五日前にバンクーバーで会ったときから、話はほとんど進展していないだろう」ザイドはジェスリンが座っていたソファに腰を下ろし、頭の後ろで両手を組んでルーを見つめた。「候補者選びの方法を考え直す時期だと思う」

「私もそう思っていたの」ルーはノートに手を伸ばした。「あなたのことをよく知っている人がきっといるはずよ。かつての友人とか、家族ぐるみでつき合っている人とか」

ザイドはうなずいた。「そうだな、我が家のことをよく知っている友人がいる。確かに、そういう人物なら理想的だ」ほとんど手をつけていないトレイからペストリーをひとつ取って口に運ぶ。

「よかった」ルーはノートに書きこんだ。「おききしたいことがあるんだけれど。シャリフには四人のお子さんがいるでしょう。女の子が三人と、二歳の男の子、タヒールと。なぜ後継者をお子さんたちの中から選ばないの？」

「後継者は男性で二十五歳に達し、少なくとも妻をひとりはめとっていること、とサルクの法に――」

「少なくともひとりですって？」ルーは思わず顔を上げた。「国王は妻を何人めとることになっているの？」

「父も祖父も妻はひとりきりだったが、曾《そう》祖父には三人いた」

「今でも、国王は二人以上の妻を持てるの？」

「法律上はイエス、モラル上はノーだ。この百年、フェール家の男は妻をひとりしか持たず、誠実に愛し続けた。ぼくもそうするつもりだ」

「あなたの未来の奥さまが聞いたらほっとするでしょうね」

ザイドはほほ笑んだ。「だろうね」

「さっきの条件にかなう人を思いつける?」

ザイドの表情がゆるんだ。「ああ」

「よかったわ」ルーは期待に満ちた目で彼にほほ笑んだ。

ザイドはにこやかに言った。「聞いたら、君はびっくりすると思う」

「本当?」

「ああ。君に決めた」

一瞬、脈が乱れた。「なんて言ったの?」

「君に決めたよ、ドクター・トーネル。君なら申し分ない。教養もあり、成功を収め、何より我が家の古い友人だ。シャリフの教え子だったのだからね」

ルーはあとずさった。「シーク・フェール——」

「ザイドと呼ぶべきじゃないかな」

「シーク・フェール」ルーは語気を強めた。「ぼくたちは事実上の婚約者だ」

ルーは頭がくらくらし、石段の上に腰を下ろした。

「いかなる状況でも、それはありえないわ」

「ジェスリンと子どもたちはもう信じている」

ルーは廊下のほうを指し示した。「だったら、すぐに誤解を解いて。私はあなたに奥さまを見つける手助けをしに来ただけよ」

「君の研究センターに資金を出す約束は守る」

ルーは生まれて初めて気絶しそうになった。お金で妻を釣るつもり?

ルーは石段の端を両手でつかみ、体を支えた。部屋がまわっているように見える。「結婚はなしよ」きっぱりと言う。

ザイドは穏やかに応じた。「自分でもうってつけだとわかっているだろう。ぼくが置かれた状況も、恋愛結婚を望んでいない点も承知し、頭もよく、おもしろい。きっと聡明《そうめい》な子どもが生まれるだろう」

「子どもですって？」

「子作りは一年ほど待ってもいい。もしシャリフが戻ってきたら、もちろん君は自由にしていい」

「本気なのね」ルーは小声でつぶやき、ひとりきりになれる寝室へと向かった。

「心配するな。結婚式がすんだら、デートしよう」

寝室のドアの前でルーは振り返った。ザイドはまだソファに座っている。落ち着き払った様子で。

私は結婚して落ち着くタイプではないのに。「あなたがフェール王妃に話してくれないのなら、私から話すわ。今のうちに誤解を正しておかないと、みんな破滅してしまう」ルーは寝室に入り、ドアを静かに、だがしっかりと閉めた。

6

ザイドが去ったあと、ルーはしばらく部屋の中を歩きまわっていた。彼にとっては問題解決だ。結婚すれば、王位を継承できる。でも、私は彼と結婚して得るものは何ひとつない。

結婚したいとも思っていない。天職と言える仕事を持ちながら、男性のために、それもザイドのような男性のために手放すなんて、とんでもないわ。

ジェスリン王妃に会って話そう。王妃が事実を知れば、ザイドも私に無理強いできないだろう。

だが、悲しみに打ちひしがれているジェスリンに、今こんな話をして失望させるのは気が引ける。

一瞬、ルーは目を閉じた。でも、ほかにどんな方法があるというの？

結婚は絶対にしない。

けれど……ほんの少しだが好奇心もある。好奇心よりも、うれしさと言うべきかしら。

私はザイドに激しく惹《ひ》かれている。昨夜は彼との愛の営みを想像し、ろくに眠れなかったほどだ。その彼からプロポーズをされた……。

やはりジェスリンに話そう。早いほうがいい。

シャワーを浴びるだけですませたかったが、マナーが広々とした大理石の浴槽に湯を張った。バニラと香辛料の香りに満ちた湯船に身を沈めたとき、ルーは笑いそうになった。『アラビアンナイト』そのものだわ。こんな贅沢《ぜいたく》を満喫し、ザイドのプロポーズに胸をときめかせる女性もいるに違いない。

だが、ルーはそういう女性ではなかった。ビバリーヒルズの大邸宅に住み、メイド、コック、個人秘書、お抱え運転手のいる暮らしを経験していた。そしてお金では幸せを買えないことも、愛を守れないことも、身にしみて知っていた。

裕福なクライアントと接していても、相手の持ち物や生活様式にあこがれたことは一度もない。望みは物ではなく、自尊心と自信を持って自立することだ。サルクにいたら、そういう生き方はできない。

入浴を終えたルーは手早く体をふきながら、何を着ようかと考えた。ポートランド、シアトル、バンクーバー、ウィーンと旅をしていたため、あいにくカシミアやウールといった冬物しかない。

半袖《はんそで》の黒いニットと合わせられるという理由で、ルーは黒のスーツを選んだ。ローヒールの靴を履き、長い髪を伝統的な形に結うと、彼女は王妃を捜すために部屋を出た。

ジェスリンも子どもたちも、まだ子ども部屋にいた。女の子たちはモノポリーで遊び、二歳のプリンス・タヒールはゲーム盤にのっているあれやこれやに手を出している。姉にたしなめられても笑みを絶やさず、楽しそうだ。王妃は子どもたちのそばに座り、様子を見ているものの、心ここにあらずといった風情だ。

ルーはドア口にたたずみ、自分が部外者だと感じていた。

「ママ、見て」タヒールがルーを指さした。

「あら、ルー、入って。ごめんなさい、気づかなかったわ」ジェスリンはルーにほほ笑みかけた。タヒールが母の膝によじのぼった。息子の黒い巻き毛を撫《な》でる手が震えている。

やはり来るべきではなかった、とルーは思った。

「みんな、とても大切な人を紹介するわね」ジェスリンは努めて明るく言った。「ザイドおじさんのフィアンセ、ドクター・ルー・トーネルよ。二人は明日、結婚するのよ」

シャリフの三人の娘は立ちあがり、うやうやしくお辞儀をした。どの子も黒い瞳に好奇心をありありと浮かべている。結婚式は西洋式なの、と十一歳になる長女のジナンが聞いた。

五人にじっと見つめられ、ルーは凍りついた。言葉が出てこない。悲しみが漂うこの部屋で、皆の期待を裏切るようなことは言えそうになかった。

九歳の三女、タキアが沈黙を破った。「パパが帰ってくるまで待たないの？」

部屋がしんと静まり返った。王妃は静かに涙を流し、ジナンと次女のサバがすすり泣く。タヒールはわけがわからず、母に抱きついた。タキアだけが口を固く結び、大きな目でじっとルーを見つめている。

ルーは心を引き裂かれたように感じた。子どもは苦しみを知らなくていい。早く大人になる必要はない。でも、この子たちは生みの母を数年前に亡くし、幼くして悲惨な現実にほうりこまれた。

「できるものなら、そうしたいのよ」ルーはかすれた声で言った。

「待つべきじゃないかしら」タキアが小声で言った。「ザイド叔父さんもルー叔母さんも、本当はそうしたいのよ。でも、この国は混乱状態に陥っているの。勇敢なザイド叔父さんなら、パパが望むような形で国を治めていけるわ」ジェスリンは諭した。

「ルー叔母さんたちの結婚はパパも望んでいるのね？」サバがきいた。

ジェスリンは涙ながらにほほ笑んだ。「そうよ。叔父さんが国王になることもね」

ルーはいたたまれず、引きつった笑みを皆に送り、逃げるようにして立ち去った。子ども部屋の外に出たとたん、涙がこぼれ落ちた。

家族の悲しみに接し、シャリフの死がさらに現実味を帯びてくる。十年かそれ以上も慕い続けていたシャリフはもうこの世にいないのだ。

涙をぬぐいながら、あちらの角、こちらの角と曲がっているうちに、ルーは自分の部屋がどこかわからなくなった。宮殿の使用人にきいてみようとしたとき、ザイドにでくわした。

「君の部屋に行っていたんだ」ザイドは腕をつかんだ。

「王妃に会いに行ったのよ」

「どうした？　何かあったのか？」

涙を流しながらも、ルーはザイドをにらみつけた。

「私はどうしたらいいの？　結婚はしない、だから新しい国王は誕生しないって、あの子たちに言えると思う？　ジェスリン王妃は私のことを〝ルー叔母さん〟と子どもたちに紹介したのよ。タキアは、パパが帰ってくるまでなぜ結婚を待てないのかときいたわ」まくしたて、すがるようにザイドを見る。

「君は感情に流されない人だと思いこんでいた」

「こんなふうに話が進められるのはいや」

「君のそういう律儀なところがいい。君は皆から必要とされているんだ」

ルーは唇を噛《か》みしめ、震えをこらえた。

「できるなら、ぼくもこんな結婚はしたくない。シャリフが生きてここに戻ってくるのなら、ぼくは何を犠牲にしてもいいと思っている。だが、そのときまでは、するべきことをしなければならない。それが兄の望みだ。君がいなければ、ぼくは自分の義務を果たせない」

「私じゃなくて、奥さまが、でしょう」

「ぼくに必要なのは君だ。君にぼくの妻となってもらいたい」

ジェスリンと子どもたちの姿が思い出され、ルーの目に新たな涙がこみあげた。

カウンセリングを開業し、何年も人々に救いの手を差し伸べてきた。これほど苦しんでいる家族を前にして、どうして逃げだせるというの？

「考える時間が欲しいわ」ルーは顔をそむけ、小声で言った。

言い返そうとして思いとどまり、ザイドは深く息を吸いこんでうなずいた。「昼食のときに会おう。あと二時間ほどある」

「足りないわ」

「時間がないんだ。我が国が国王不在となって二週間近くになる。この間、何も決められずにいるんだ。兄の葬儀についても」

「わかったわ」鋭い声だと自分でも感じたが、ルーはさまざまな思いに圧倒され、疲れも覚えていた。

「部屋まで送ろう」

「方向を教えてくれるだけでいいわ」

「ややこしいから案内する」

「私はばかじゃないわ」ルーは怒りともどかしさをたたえた視線を彼に注いだ。

「わかったよ。この廊下をまっすぐ進み、二つ目の広間で左に曲がる。次の広間で右に曲がり、二つ目の広間まで進む。そこで左だ。もう一度左に曲がり、次に右に曲がる。わかったか？」

「簡単よ」ルーはほほ笑んでみせたが、本当は少しもわかっていなかった。

ルーは途中で二度も使用人に尋ね、なんとか部屋にたどり着いた。まっすぐ寝室へ向かい、ベッドに身を投げだして、枕《まくら》に頬を押しつけた。

なんとも寝心地のいい、美しいベッドだ。アンティークで、薔薇《ばら》色のシルクとサテンのカーテンが四方を囲んでいる。この部屋はプリンセスにこそふさわしい。けれど、ザイドの妹は二人ともこの世を去り、シャリフまでもが……。

ザイドの母が病院に担ぎこまれたのも無理はない。我が子を三人も失ったのだ。

結婚といっても、一時的なものだろう。あと二週間もすればきっと……。

そのまま眠りに落ちたルーは、マナーに起こされた。

「もう一時？」

「はい。テラスでのお食事まで三十分しかありません」

「それだけあれば充分よ。なんの支度もいらないから」ルーは枕にもたれた。

「別のお召し物になさいませんか？　テラスは木陰ですが、とても暑いんです」

「できれば着替えたいけれど、これしか着るものがないのよ」ルーはあくびをしながら言った。

「居間に箱や袋がたくさんございますよ。すべてドバイから届きました」

ルーは体を起こした。「なんですって？」

「お嫁入りの衣装ですが、殿下は今日から着てほしいとおっしゃっています。どうぞご覧になってください」

ルーはベッドから下り、はだしのまま居間へ向かった。床には色とりどりの紙袋が、二つのソファに は何ダースもの箱が、低いコーヒーテーブルの上には靴箱が山と積まれている。マイケル・コース、シャネル、プラダ、バレンチノ、ディオールといった名のほかに、ルーの知らないブランドがいくつもある。どの箱も格調高い雰囲気を漂わせていた。

ルーは手近の衣装箱を開けてみた。薄い生地のピンクのカクテルドレスだ。

隣の箱は淡いピンクの柔らかなカーディガンで、ダイヤモンドのボタンがついている。ルーは息をするのも忘れ、次の箱を開けた。今度はコーラルピンクのシルクのドレスが出てきた。プリーツが入り、ウエストに細い金の鎖がついている。

さらに細身の白いスカート、ごく淡いピンクの靴、ピンクの鰐《わに》革クラッチバッグ……。

ピンクの洪水だ。

ルーはめまいを覚え、肘掛け椅子に腰を下ろした。

ピンクを身につけたことは一度もない。いつも黒か紺、チャコールグレーだ。そういう色なら安心していられる。自分が賢く、向かうところ敵なしという気持ちになれる。ここにあるのはハイヒールといい、体に吸いつくような生地といい、とても女らしいものばかりだ。

「全部ピンク？」かすかに絶望のまじった声でルーはきいた。

マナーは顔を上げた。「お気に召しませんか？」

「その……ピンクばかりだから」

マナーは鮮やかなピンクのトレンチコートにそっと手を走らせた。生地はシルクで、色の淡いサテンで縁取りされている。「でも、きれいです。キャンデーか宝石みたい」

ルーはめったに泣かなかったのに、またも涙がこみあげた。ザイドはこんな服を私が好むと思って買ったのかしら。こんな非実用的な、心理学者にふさわしくない服を？

服は着ている者の地位や権威を示す。ザイドは私にピンク系の服を着せ、アクセサリーのような女性に仕立てようとしている。私はドクター・トーネルよ。彼のお飾りではないわ。

着替えるつもりはない、とルーは言い張った。

「なぜです？　こんなに美しい服があるのに」マナーは声を張りあげ、アクセサリーの山の中から箱をひとつつかんだ。大粒のピンクパールの長いネックレスが入っている。「せめて、これをつけてください。殿下の贈り物をすべて拒絶したことにならずにすみますから」

ルーはマナーに連れられ、庭園へと向かった。外に出る前から、噴水の涼しげな音が聞こえてきた。蔦《つた》の絡まるあずまやがテラスに日陰を作り、アンティークローズの甘い香りが漂っている。

ザイドはすでに席に着いていた。顕微鏡で標本を見つめるような真剣さでこちらを見つめている。ルーは身をこわばらせた。

「新しい服は気に入らなかったのかな？」

結っていた髪をほどき、真珠のネックレスをつけたものの、ルーの服装はさっきと同じだった。「全部ピンクだから」彼女はザイドが引いた椅子に腰を下ろし、薄紫色のリネンのナプキンを膝に広げた。

ザイドは向かいの席についた。「ピンクは嫌いなのか？」

「私がピンクの服を着る女に見える？」

彼がこちらの目を見た。その視線は口から首へと下りていき、胸のあたりで留まった。「自分が女であることを思い出す必要がある女性に見える」

ルーは気色ばんだ。「人形みたいにピンクで着飾らせ、あなたにふさわしい女性にするつもり？」

「肌の色を引き立てるような色を身につけるのがおかしいとは思わない。君は美しい――」

「シーク・フェール！」ルーは叫んだ。

「君はあえて醜い服を着て自分を隠そうとしている」ザイドはかすかにほほ笑んだ。「お互い、もう名前で呼び合っていいんじゃないかな？」

「私はドクター・トーネルでいたいわ」

ザイドは金色の瞳をきらめかせた。「だったら、寝室でもドクター・トーネルと呼ぼう」

ルーは胸から額まで真っ赤に染め、水の入ったグラスを押しやった。「そこまでしなくてけっこうよ、ザイド」わざと名を強調して言う。

ザイドはほほ笑んだ。その笑みのせいで、さらにゴージャスに見える。「君は非の打ちどころがないよ、ルー。危険な刺《とげ》に覆われたおいしい果実のようだ」

ルーは顔をほてらせ、テーブルの中央に生けてある白薔薇に視線を向けた。「残念だけど、中身も見た目と変わらないわ」

「変えようがある」

「変えてもらわなくてけっこうよ！　今の自分が気に入っているんだから」

「ぼくもだ」

そのとき、湯気の立つ料理が運ばれてきた。オリーブのマリネ。フェタチーズ、ケイパー、レモンを添えた赤ピーマンのロースト。葡萄《ぶどう》の葉で包んだ料理、なすの詰め物、香辛料をきかせた海老《えび》の串《くし》焼き、レンズ豆の冷たいサラダ、温かく平たいパン。次から次に出てくる。

ルーは二口食べるのが精いっぱいだったが、ザイドは旺盛《おうせい》な食欲を示し、どの料理も平らげていく。まるで、心配事など何ひとつないと言わんばかりに。

不意に彼が顔を上げた。「気持ちを切り離すようにしないとだめだ。悩みはいつだって存在する」

「あなたが現れるまでは、悩みなどなかったわ。成功を収め、幸せに生きてきたのよ」

「ぼくと結婚しても、君は何も失わない。それどころか、夫と家族と王国が手に入る」

「夫も家族も王国も欲しくないの。人生をややこしくしたくない。簡潔な生活を送っているからこそ、今の私があるのよ」

「妻としても成功を収めたくないのか？　母親になったらすばらしいとは思わないのか？」

「ええ、思わないわ」ルーは声を震わせながらも、きっぱりと言った。「一時的な結婚は考えるにしても、子どもは絶対に作らない。もし子どもを産む機械が欲しいのなら、相手を間違えているわ」

ザイドは椅子の背にもたれた。彼とて、結婚を考えていたわけではない。父親になりたいと思ったこともなく、世界の人口増加に貢献するつもりもなかった。

「シャリフの息子であるタヒールが二十五歳になれば、王位を継承する。ぼくはそれまでの後見人という立場だ」ザイドは穏やかに言った。

「この結婚は一時的なものよ。あなたはけさ、自分でそう言っていたわ」

「シャリフが戻ってきたら、の話だ」

ルーは大きく首を振った。真珠のネックレスがかすかな音をたてる。「タヒールが大人になるまで、二十何年もあなたと一緒に過ごすつもりはないわ。せいぜい一年よ」

「十年」

ルーは眉を上げた。「二年」

「九年」

「九年も一緒に？　頭がおかしいんじゃない？」

「いや、いたって頭脳は明晰《めいせき》だ。君はぼくにとって完璧《かんぺき》だ。君が王妃になれば、もっと男女平等な社会を築いていくことができると思う」

「私がいなくてもできるはずよ」

「それではおもしろくない」

「よくもそんな言い方ができるものね。私はあなたの理想の半分も満たしていないのに」ルーは小さなバッグから折りたたんだ紙を取りだした。

ルーが花嫁の条件を読みあげている間、ザイドは彼女の顔を見つめていた。紅潮した頬、瞳に宿る強い光、かすかに震えている下唇……。「まさに君はぼくの理想の妻だ。頭がよく、強く、自信に満ち、成功を収め、思いやりもある」

ルーはまたも首を振った。「私は美しくないし、あなたが求めているような女性ではないの。もしあなたの妻になるとしたら、結婚によって私の望むものが手に入る場合に限られるわ」

ひどいことを言ってしまったのではないかと悔やみ、ルーは息を止めてザイドを見守った。だが、彼は気にするどころか、興味をそそられたらしい。

条件つきとはいえ、結婚を了承した自分が信じられない。ザイドとベッドをともにすることもあるだろう。空想が現実のものとなる。そして約束の時が訪れれば、私は自由の身となり、論理と理性が支配する世界に戻っていく。でも、その前に、今まで感じたことのないものを体験するのだ。

美しさと渇望、そして情熱。

ザイドがじっとこちらを見つめている。ルーは固めたこぶしをほどき、目の前の紙切れのしわをのばした。「あなただけが得をするということにはならないわ、ザイド・フェール。妻となるからには、条件をつけるわよ」

「そうくると思った」

「研究センターが欲しいの。お金もね」ルーは顎をつんと上げ、ザイドの目をまっすぐに見た。

「ずいぶん高くつくな」

ルーの頬が真っ赤になった。瞳はまるでサファイアが燃えているようだ。「それから、結婚しても仕事は続け、名前も変えず、サンフランシスコの自宅も手放さないつもりよ」

キスをしたい、とザイドは思った。もう一度、あの柔らかく熟れた唇を存分に味わいたい。ルーの気の強さを感じ取りたい。こんな女性は初めてだ。恋愛結婚ではなくても、情熱的な関係は約束されたも同然だ。

「それで、ぼくは何を手に入れられるんだい？」

「妻よ。あなたは妻が欲しいんでしょう？」ルーは厳しい目でザイドをとらえ、挑戦的に言った。

7

ルーの前にピンクのイブニングドレスが四着並んでいる。淡いピンクのチュール、藤色《ふじ》に近いピンクのきらきらしたタフタ、フューシャピンクの薄手の夜会服、そしてセクシーなサーモンピンクのシルクのドレス。今夜のパーティはセミフォーマルなものだ。

この中から一着選び、一時間後には宮殿の晩餐《ばんさん》室に向かう。そこで婚約指輪を受け取り、ザイドの親《しん》戚《せき》や友人たちに紹介されることになっていた。

結婚式は明日の昼前に行われ、午後からはザイドの戴冠《たいかん》式が執り行われる。

とはいえ、ルーにとってはまず、今夜のパーティが問題だった。百人近い招待客が出席し、夜中まで続くという。

ジェスリン王妃もその子どもたちも出席する。シャリフを捜索中の弟シーク・ハリドも、砂漠から駆けつける。ハリドの妻、オリヴィアは身重で、残念ながら飛行機に乗れないとのことだった。入院中のザイドの母は、今夜は欠席するが、明日の結婚式には出たいと言っているようだ。

大勢の人たちの注目を浴びると思うと、ルーは胃が引きつる思いがした。人前で話したことは何度もあるが、いずれも仕事に関することで、何を話すかはっきりしていた。今夜は何も伝えるものがない。ただ魅力的に、愛想よく優雅に振る舞うだけだ。

両親の弁護士に連れられ、法廷に立たされたときのことが思い出される。どの弁護士も、ルーの服装に気を遣った。フリルのあるパステルカラーのパーティ・ドレス、足首にレースをあしらった白いソックス、そして黒いエナメル靴。法廷に立つ前夜は髪をカーラーで巻いて寝なければならなかった。人形のような姿で法廷に入ると、質問を浴びせられ、写真を撮られて、憐憫《れんびん》の目で見られた。憐《あわ》れまれるのがいちばんいやだった。

ルーは目を閉じた。遠い昔のことよ。私はもう無力な子どもじゃない。シャリフ一家を助けるため、ザイドに力を貸すと同意した。なんとかできると思う。ただ、もう少し落ち着いた感じのドレスだったらいいのに……。

寝室のドアが軽くノックされた。ドアを開けるとザイドが立っていた。

「別のを持ってきた。ピンクが嫌いだとは知らなかったんだ」彼は大きなクリーム色の衣装袋を差しだした。

一瞬ためらったのち、ルーはその袋を受け取った。

「今度は空色とか？」からかうような口調できく。

「近いな」ザイドの金色の瞳には温かみがあり、楽しげな光が宿っていた。「それから、こっちは靴と装身具と下着だ」

ザイドに見つめられるたびに、体が熱く、敏感になってしまう。指が彼の手をかすめた瞬間、ルーは胸の頂が硬くなるの感じた。「下着ですって？」

「このドレスの下には特別なものを身につけたいだろうと思ってね」

「誰かに買いに行かせたの？」

「ぼくが自分で買った。病院のそばに店があるんだ。もしサイズが合わなかったら、ぼくの責任だ」

ザイドの場合、責任感の強さが問題なのでは？ルーの科学者としての頭が冷静に指摘した。ザイドは安全な男性とは言いがたい。サルクを発《た》つとき、私は心がぼろぼろになっているだろう。

「サイズは問題ないと思うわ」ルーは早口に言い、礼を言って彼を寝室から追いだした。だが、ドアを閉めた瞬間、胸に痛みを覚え、こぶしをあてがった。彼を愛するのは苦しい。

ルーは涙をこらえ、衣装袋のファスナーを開けた。海のような色の軽やかなドレスだ。水色でも、濃い青でもない。サファイア色ともターコイズブルーとも違う。なんとも深みのある色だが、重苦しい感じはまったくない。心を揺さぶられるような色だ。ルーは震える手でドレスを取りだした。細身のロングドレスで、光沢のあるシルクに羽根のように薄いシフォンが重なっている。

ルーはドレスを胸にあてがい、鏡を見た。寝室の優しい明かりですら、生地が海面のようにきらめいて見える。地味な色しか好きになれなかったルーだが、このドレスはすっかり気に入った。

今夜だけは美しくなれるかもしれない、とルーは思った。浅はかだと思うが、一度だけ、美しい妖精《ようせい》のようなプリンセスを演じてみたい。ハンサムなプリンスと恋に落ち、その後ずっと幸せに暮らしたというおとぎ話の女性に、一度でいいからなりきってみたい。

ルーは手早く入浴をすませ、体にタオルを巻きつけた格好で紙袋を開けた。出てきたのは黒いシルクの下着だった。

思わず顔が赤くなる。身につけたとは言いがたいほど小さなショーツだが、柔らかく、エレガントで、とてもセクシーだ。

ルーは唇を嚙《か》み、下着姿で鏡の前に立った。

なんと奔放で、美しいのだろう。ピンクでないのもうれしい。

ドレスもあつらえたようにぴったりだった。わきの目立たないファスナーを苦労して上げ、またも鏡と向き合う。これこそ私だ、とルーは感じた。浮ついた感じはなく、子どもっぽくもない。肩を片方だけあらわにしたデザインで、シフォンが斜めに流れている。胴の部分は細く、胸の下から足までがスカートだ。

人魚みたい。ルーは鏡に向かって恥ずかしそうに、けれどうれしそうにほほ笑んだ。美しい女性はいつもこんな気分を味わっているのだろう。ルーには生まれて初めての経験だった。象牙《ぞうげ》色のストラップシューズを履き、銀とダイヤモンドの幅広いブレスレットを両手首につけ、やはり銀とダイヤモンドのイヤリングもつける。自然と彼女の心は躍った。

今夜は楽しもう。今夜だけは私が主役だ。

マナーがドアをノックして入ってきた。その満足げな笑みを見て、ルーは胸が熱くなった。

「なんてお美しい。瞳とドレスの色がぴったり合っています」

「ありがとう。髪はどうすればいいと思う？　アップにしたほうがいいかしら？」

マナーはもう一度ルーを観察し、きっぱりとうなずいた。「私にお任せください」

「できるの？」

「この仕事をするために、縫い物、化粧、髪の結い方、爪《つめ》の手入れ、すべての訓練を受けてきましたから」マナーは満面に笑みをたたえ、化粧台の前にあるピンクの低い椅子をぽんとたたいた。「ここにお座りになってください」

ザイドは国家行事に使われる広い晩餐室の外で、客に挨拶《あいさつ》をしながらルーを待っていた。遅い。約束の時間から十分しかたっていないが、ルーが遅刻するとは思えない。ぼくの過去に関するうわさを聞いて逃げだしたのか？　彼は急に不安になった。

立場が逆なら結婚しないだろう。ぼくが呪《のろ》われたプリンスであることは、サルクの者なら誰もが知っている。

そのとき、衣擦《きぬず》れの音が聞こえた。ルーがドレスの裾《すそ》をつまみ、こちらに急ぎ足でやってくる。ザイドの周囲にいた従者たちが道を空けた。

「迷っちゃったの」ルーは頬を紅潮させ、息をはずませてささやいた。「迷子になったのは、マンハッタンで一度きりだったのに。あのときなぜ迷ったのか、いまだにわからないわ」

ルーが身にまとっている理性のよろいに小さなほころびを見つけ、ザイドは守ってやりたいと強く感じた。「いいんだ。君はもうじき花嫁になるんだから」

「よくないわ。時間厳守は大切よ」ルーがうなずいた拍子に、淡い金色の後れ毛が踊った。

こんな髪型をしたルーを見るのは初めてだ。前髪を上げ、前頭部をかすかにふくらませて後頭部で結いあげ、カールした後れ毛が揺れている。

プリンセスらしい髪型だ、とザイドは思った。海の色に輝くドレスをまとったルーは、まるで海のプリンセスだ。ドレスの濃い色に、淡い金髪も、白く輝く肌も、実に映えている。

「すてきだよ」それはザイドの本心から出た言葉だった。今まで暗い世界にいたルーが、いきなり光に満ちた表舞台に出て、美しく輝いている。

「ありがとう」ルーは恥ずかしげにほほ笑み、ブレスレットをつけた両手を上げてみせた。「これ、本物なの？」

「もちろんだ」

「本物のダイヤモンド？　だって、数えてみたのよ。それぞれ五十個以上もついているわ」

ザイドを見あげるルーの深い青色の瞳はドレスの色と同じだ。ザイドは欲望を覚えずにいられなかった。どうしてもこの女性が欲しい。それは自分でも驚くほど激しい欲望だった。ここまで女性を欲しいと思ったのは何年ぶりだろう。プリンセス・ヌル以来、初めてかもしれない。ザイドは長年、彼女のことを考えまいとしてきた。ヌルの名を思い浮かべただけで、体が震えてくる。二十四歳のヌルが非業の死を遂げたことが呪いの始まりだった。ザイドはまもなく十八歳を迎えようとしていた。危険性を熟慮するべきだったが、当時はあまりに若く、恋に目がくらんでいた。二十年近くも前の出来事だ。

「紹介してもらおうか」

背後で響いた太い声に、ザイドはほっとして、弟のハリドを振り返った。

兄弟ともに象牙色と金の長衣という伝統的な衣装に身を包んでいるが、頭布はつけていない。宮殿の中ではつけないしきたりだ。ザイドは弟にルーを紹介したものの、それでも過去の記憶は薄れるどころか、ますます鮮明によみがえった。

忘れることなどできない。どんなに楽しい瞬間でも罪の意識が忍びこんでくる。

忘れたくないとの思いも強い。まもなく花嫁となる美しい女性が傍らにいながら、ザイドはヌルの死を聞かされた日のことを思い出していた。

あの日、怒りに任せて手当たりしだいに物を破壊し、正義を、ヌルの無実を叫んだ。ザイドがヌルの夫に復讐《ふくしゅう》しないよう、父も兄弟も宮殿の使用人も、全員が力を合わせなければならなかった。ザイドは何カ月も宮殿内に閉じこめられた。その間、彼は少年から大人へと成長した。厳しく、強く、美しく、そしてうつろな心を持つ大人へと。彼の呪いはフェール一族に降りかかることとなった。

まずは妹たちが、次に父が、そしてシャリフまで。

悲劇はいつになったら終わるんだ？

音楽が鳴り響き、ようやくザイドは現実に戻った。晩餐室にはろうそくがともり、人々の声が満ちている。隣ではハリドがルーと話しこんでいた。専攻が異なるとはいえ、二人とも学者だ。話が合うのだろう。ハリドは考古学と歴史が専門だ。

席に着くようにと合図があった。ハリドはジェスリンと子どもたちのテーブルへと向かった。照明が落とされ、ザイドとルーの入場が告げられた。

「いいかい？」ザイドはルーの顔を見つめた。ぼくよりはるかにましな男と結ばれるべきだと思う。一族のためにとぼくは結婚を決意したが、ルーを犠牲にする形となった。これも悲劇に違いない。

一方、ルーはこの瞬間まで、とても落ち着いた心境だった。しかし、ザイドの美しい顔に深い苦しみとうつろな表情を認め、息が喉に絡んだ。なんと悲しい顔をしているのだろう。私が思い描いていたザイドとは似ても似つかない。

この人のことを何も知らないのだ。そう思ったとたん、ルーの脈は跳ねた。ザイドとの約束をきちんと守れるかしら？

長衣姿のザイドは実にハンサムで、王族としての威厳を漂わせている。ルーは胸を締めつけられた。

彼を心から愛していると悟ったのはこのときだった。今までずっと愛していたのかもしれない……。

ルーは二度、短く息を吸いこんだ。百人が居並ぶ部屋へと入っていかなければならない。肌をかなり露出した薄手のドレス姿で。かっちりしたスーツも、分厚い眼鏡も、身を守るものは何ひとつない。

ルーの気持ちを察したのか、ザイドは彼女の手を取り、ささやいた。「ずっと君のそばにいるよ」

ルーは彼の腕に手をあずけ、巨大なアーチ型の扉を抜けて晩餐室へと足を踏み入れた。高い天井は金色に塗られ、部屋全体がまばゆく輝いて見える。テーブルクロスは重厚なシルクで、金銀の刺繍《ししゅう》が施されていた。

長いテーブルの間を進みながら、ルーの心臓は激しく打っていた。甘く強い香りを放つ純白の百合《ゆり》に、何百本もの白いろうそくの炎の揺らめき。ルーはすでに花嫁となった気がした。

二人はほかの席を見下ろせる席に着いた。国王と王妃だけに許される高座だ。

ルーはザイドの腕をつかむ指に力をこめた。力強く、自信に満ち、落ち着き払った彼の存在がありがたい。これが友人かクライアントの婚約パーティなら、すばらしいと思えただろう。けれど、今回結婚するのは私自身だ。ザイドのたくましい腕に触れていても、彼のしっかりとした足どりに合わせていても、ルーは沈みゆく船に乗っている気持ちを追い払えなかった。いつおぼれてもおかしくない。

だが、少なくとも三時間に及ぶディナーの間は沈没せずにすんだ。

細い指に重みのある婚約指輪がはめられたとき、ルーは手錠をかけられた気がした。とはいえ、すばらしい指輪だった。大粒のブルーダイヤモンドの周囲に、茶色と白のダイヤモンドがちりばめられている。「ピンクじゃないのね」ルーは声を震わせて笑った。

「最初に買ったのはピンクのダイヤモンドだった。だがピンクが嫌いだと知り、青いのに替えたのさ」

忙しい中をわざわざ二つ目の指輪を買いに行ってくれたとは。「ピンクのでよかったのに」ルーは優しく言い、楕円《だえん》形の青いダイヤモンドに触れた。

「よかった。ピンクのも君のものだ」

ザイドが壁際に立つ使用人に合図をすると、ルビーをちりばめた真珠色の小箱を持ってきた。金色の丸い小さな脚がついている。

ザイドは箱を開けた。「早めの結婚祝いと思ってくれ。カクテルドレスに合わせてもいいし、売ってもいい。君のものだ」

見事な指輪だが、宝石箱の美しさにはかなわない。箱についたルビーがろうそくの明かりを受け、炎のように輝いていた。「ゴージャスな宝石箱ね。アンティーク？」ルーはそっと箱を手に取り、ためつすがめつ眺めた。

「一五三四年、フランス国王フランソワ一世に献上されたものだ」

ルーは箱をザイドの手に押し戻そうとした。「そんな高価なものは――」

「いいんだよ」ザイドは遮った。「サルクでは、花婿は花嫁に高価な贈り物を山ほど与える習わしなんだ。たとえこの国にいなくても、君には美しいものを与えたいと思う。美しい女性には美しいものがふさわしい」

ザイドの言葉はその晩ずっと、ルーの頭の中でこだましていた。

ザイドに付き添われ、部屋に戻ったのは夜中の一時半だった。彼は無口だった。ルーは緊張のあまり、息苦しくなっていた。

明日には彼と結婚する。

そしておそらく彼の部屋に一緒に行く。

そうしたいのが本音だが、不安も首をもたげてくる。私は男性との経験があまりに少ない……。

ひとりきりになりたい、とルーはふと感じた。エレガントに着飾ったプリンセスではなく、地味な服に身を包んだいつもの自分に戻りたかった。

ルーはザイドを横目で見やった。これほど美しい男性は見たことがない。人が望みうるものをすべて手に入れた男性が、私みたいな女に満足するとはとうてい思えない。好奇心や挑戦心はあっても、私を愛してはくれないだろう。事実、ザイドは自ら認めていた。ぼくは人を愛せない、と。

角を曲がり、自室に通じる廊下が見え、ルーはほっとした。じきにパジャマに着替え、ベッドに入れる。少なくとも今夜はザイドと離れていられる。

だが、居間に入ったザイドは、なかなか立ち去ろうとしなかった。薄明かりのともる居間に置かれたものにあれこれ手を触れ、それから庭に通じる両開きのガラス戸を開けた。噴水の軽やかな音が聞こえてくる。ガラス戸の前にたたずみ、冷たい夜気に当たっている彼の顔に、月光が陰影を刻んでいた。

「明日のことで何か聞きたいことは？」ザイドの声はいつもと違う厳しさが感じられた。

「ないわ」

ザイドがルーに向き直った。「ちゃんとわかっているのか？　午前中に式を挙げ、午後は……」

ルーは彼からさらに離れ、白いソファの前で靴を脱いで座った。「わかっているつもりよ」

「結婚を完全なものにしなければいけない」

ルーの鼓動が速くなった。「そうしたと人に言うだけではだめなの？」

ザイドはガラス戸の枠にもたれ、唇を引き結んだ。

「嘘《うそ》をついたら報いを受ける」

「小さな嘘が神の怒りに触れるというの？」

「そうだ」彼の声はかすれていた。

ルーはなぜか不安になり、両脚を抱えた。「まるで経験者みたいな言い方ね」

ザイドは一瞬目を閉じてから彼女を見つめた。だがルーは、彼の視線はどこかほかの場所、別の人を見ている印象を受けた。

「小さな嘘がいちばんまずい。およそ無害に思える嘘が身を滅ぼす」ザイドの金色の瞳は今や外の闇《やみ》と変わらないほど黒く見えた。「結婚するにあたり、君に心から誓う。尊敬し、君を守ると。結婚している間はほかの女性に手を出さない。君はぼくのたったひとりの女性だ」

ルーは身じろぎもせずに聞いていた。本心に違いない。しかし同時に彼の怒りも感じられ、またも不安が胸に押し寄せてきた。心の底に秘めた暗い感情がざわめいている。「あなたのことを何も知らないと感じるのよ」脚を抱えたままつぶやく。「プレイボーイだと思っていたけれど、そうでもなさそうだし。今までの印象がどんどん崩れていくわ」

ザイドは苦笑した。「ぼくを英雄に仕立てあげないでくれ。ぼくはシャリフでもハリドでもない」

「だったら、どういう人？」

ザイドはガラス戸から身を離し、ゆっくりとルーに近づいた。「家族の恥——それがぼくだ」彼はルーの前に立った。

「あなたは兄弟の中でいちばん美しく、経済面でも成功している。なぜ美しさと富が恥なの？」

ザイドは指先でルーの額にそっと触れた。その指を鼻へ、唇へ、顎へと下ろしていく。「そういうものはおよそ当てにならないと、君ならわかっているだろう。世界でも指折りの悪人の中には、顔だちが美しい者もいる」

彼に触れられたところが、やけどでもしたかのように熱い。「あなたは悪人なの、ザイド？」

ザイドがルーを立たせ、抱き寄せた。がっしりした胸から膝まで彼にぴたりと身を寄せる格好になる。

「いや、悪人ではないが、呪われた身だ」

ルーは身を震わせた。「そんなこと言わないで」

ウエストに腕をまわされ、彼の引き締まった腰も、固い腿も、張りつめた高まりも感じられる。

「君を守ると約束した。それには、君をぼくから守るという意味も含まれている」ザイドはルーの顔を上向かせ、唇を重ねた。激しいキスだった。

ルーは自分の弱さ、空虚さを思い知らされた。彼が口をこじ開け、唇で舌を挟む。体の中から燃えていくような、血管の中に蜂蜜《はちみつ》が流れているような感覚に酔いしれ、ルーは身を震わせた。

やがてザイドが顔を上げ、ルーの紅潮した頬を撫《な》でた。「君はぼくにはもったいない、いとしい人《ラエーラ》。だが、自分の義務をおろそかにするわけにはいかない。そのために、君を妻とするしかないんだ」

8

その晩、ルーは一時間おきに夢で目が覚めた。どの夢にもザイドが出てくる。キスのせいなのか、それとも想像力を働かせすぎているせいなのか、自分でもわからない。いずれにしても、今日ですべてが変わる。

愛する人と結婚する。けれど、彼は私を愛していない。この結婚は一時的なものにすぎない。

ルーは横向きになり、腕枕《うでまくら》をして、小さな高窓から空を眺めた。まだ夜は明けていないが、空は白みかけている。太陽が高くのぼったころ、私はザイドの妻となる。

ルーは目を閉じ、震える息を吸いこんだ。

妻になるというのが、どうしてもぴんとこない。不安ばかりが募る。結婚を完全なものにするための初夜も不安材料のひとつだ。男性経験は二度あるもののの、何年も前の話で、心身ともに痛みしか感じなかった。どちらも愛した人ではなく、興奮することはなかった。しかし、今日の不安は違う。ザイドを失望させてしまいそうな気がする。私のことを美しい、情熱的だと言ってくれたが、ベッドの中で役立たずとわかったら、彼はなんと言うだろう。

もっとデートをすればいいのに、とシャリフに言われたことがある。仕事が忙しいからとルーは答えたが、問題は忙しさだけではなかった。二十代半ばにはデートをしたこともあった。だが、誰もがすぐに体を求めてくる。ルーは気軽にベッドをともにする気になれなかった。ある程度つき合った男性と関係を持ったものの、男性に侵略されたという無残な印象しか残らなかった。

ルーは上掛けを押しのけ、両足を床に下ろした。居間のガラス戸を開け、冷たく甘い空気を深く吸いこむ。ザイドは私に失望するかもしれない。それでも、義務は果たしたことになる。お互い、なんとか生き延びていけるだろう。

早朝、マナーが朝食とコーヒーを運んできた。

「私の国では、花嫁は両の手足をヘナで染める習わしなんです」マナーはコーヒーをつぎながらにこやかに言った。「きっと異国情緒が味わえますよ」

ルーには濃いコーヒーがありがたかった。「あなたはサルクの人じゃなかったの？」

「バラカの出身です。サルクとはさほど離れていませんし、文化の違いもあまりありませんが、結婚の祝い方は違います」

「どうしてサルクに？」

「夫はプリンス・ハリドの部下なんです。プリンスがバラカを訪れたとき、彼と出会いました」マナーはほほ笑んだ。両頬にえくぼができる。

「実家にはよく帰っているの？」

マナーは肩をすくめた。「帰省はお金がかかります。それに、夫と離れたくないんです」

そのとき、アーチ型のドアのところにジェスリンが現れた。「お邪魔かしら？」

「いいえ、とんでもない。こちらへどうぞ、妃殿下」ルーは席を立ち、ジェスリンの頬にキスをした。

「お祝いを持ってきたのよ」ジェスリンは薄紙の小さな包みを差しだした。「花嫁は誰かから借りたものと、青いものを持つことになっているの。これならドレスの内側に挟めるし、バッグに入れてもいいわ」

ルーは腰を下ろし、包みを開いた。白いハンカチで、SとFが紺の糸で刺繍《ししゅう》してある。

「シャリフのよ。夫はあなたをとても気に入っていた。こういう形で彼も式に参加できるわ。〝借り物と青〟という二つの条件も満たせるしね」

ルーは糊《のり》のきいたハンカチをかしこまって受け取った。「泣きたくなっちゃう」

ジェスリンはすでに目を赤くしていた。「彼はあなたもザイドも愛していた。だから、とても喜んでくれていると思うわ……」声が途切れる。「ごめんなさい、今日は泣かないと誓ったのに。せっかくの特別の日に、あなたを悲しませたくないわ」

ルーはジェスリンの手を取った。「あなたのおかげで本当に特別な日になったわ、妃殿下」

「ジェスリンと呼んで。これからは姉妹になるのだし、友人にもなれたらうれしいわ」

ルーは彼女の手をそっと握った。「ええ、私も心からそう思うわ」

ジェスリンはルーをすばやく抱擁し、立ちあがった。「もう行くわね。忙しいでしょうから。もし何かあったら遠慮しないで会いに来てね」わずかにためらい、先を続ける。「うわさには耳を貸さないことよ。特にザイドはいろいろ言われているけれど、彼を理解していない使用人が大勢いるの。ザイドは呪《のろ》われてなんかいないわ」

また……。今度はジェスリンから言われた。

ルーは口の中がからからになり、グアバジュースのグラスに手を伸ばし、ほんの少し飲んだ。「みんな事情を知らないのね？」

ジェスリンはうなずいた。「ええ。不当だと思うわ。だって、当時ザイドはまだとても若く、どうしようもないほどロマンチストだったの。もし彼が罪を犯したというのなら、純粋だったからにほかならないわ。なのに、その結果はあまりにも苦く残酷なものだった」ジェスリンの表情が和らぐ。「シャリフは長年ザイドのことを心配していたわ。彼がこの場に居合わせないのが残念だけれど、ザイドはもっと幸せになってしかるべきよ」

ジェスリンはルーの頬にキスをし、去っていった。

ルーは言い知れぬ思いに苛《さいな》まれた。何かが起きて、ザイドも家族もつらい思いをしたに違いない。いったい何があったというの？

マナーが腕にタオルをかけて現れた。「お風呂の支度ができました。式の準備に取りかかりましょう。あと二時間足らずですよ」

結婚式は短かった。宗教色はさほど濃くはなく、感傷的でもなかった。新郎新婦は宮殿の応接室に並び立ち、十五人の立会人が見守る中、結婚の誓いを交わし、指輪を交換した。立会人は近親者と近隣諸国の元首数名で、ほかの招待客はその後の昼食会に参加することになっている。

ザイドはまたも新しいドレスでルーを驚かせた。今度は本人ではなく、使用人が部屋に持ってきた。

シルバーグレーのロングスカートに、おそろいの七分袖《そで》のトップ。あでやかだが控えめな感じの、すばらしいウエディングドレスだ。一九四〇年代のハリウッドのファッションに似ている、とルーは思った。マナーもそう感じたのか、四〇年代に流行した髪型に結いあげた。アクセサリーは結婚指輪と、自前の真珠のイヤリングだけで充分だった。

式は終わった。サルクの法務大臣が伝統的な形で二人を祝福し、ルーは不安げに夫を見やった。ザイドは夫婦になったのだ。ルーとザイドは実に落ち着いている。昨夜あんなことを口にした人とは思えないほどに。

いったいどんな呪いなのだろう。彼が何をしたというのか。長い年月が流れてもなお、宮殿の人たちがうわさをしているとなると、よほどの事件が起こったに違いない。

ザイドがルーの視線をとらえ、かすかにほほ笑んだ。しかし、言葉を交わす暇はなかった。二人はジエスリンとシャリフの子どもたちに抱きしめられ、キスをされた。

挨拶《あいさつ》と祝いの言葉は昼食会の間も続いた。出席者は約七十名、アメリカ前大統領やイギリスの元首相をはじめ外国からの賓客も多い。むろん、近隣諸国の権力者たちも集まっていた。バラカのスルタン、マリク・ヌリ、ヌリの弟のカーレン、砂漠の首長、シーク・テアの顔も見える。

「どうした？」テーブルについたザイドはルーの耳もとでささやいた。

「この人たちは……国家元首なんでしょう？」

「ほとんどがそうだ」

「どうして奥さまを同伴していないの？」

「戴冠《たいかん》式には男のみが出席するからだ」ザイドはルーの目を見つめた。「わかっているね？」

「私も出られないの？」

「ああ。すまない」

ルーはなんとかほほ笑んでみせた。「きっと退屈な式でしょうね」

「時代遅れの法律もある。悪いね」

ザイドの目に慰謝が宿っているのを見て、ルーは小声で言った。「いいのよ。そんな目で見ないで」

いつも彼に気持ちを見透かされてしまう。

ザイドは目を伏せた。「君の激しいところが好きだ。君が目を光らせ、口を固く結んだときは、本当にすてきだ。わくわくする」

テーブルクロスの下で、ルーは彼の足を踏みつけた。ザイドはぎょっとして小さく悪態をつき、彼女をにらんだ。

「今のは警告よ。私を挑発しないほうがいいわ」

ザイドはにやりとした。頬に深いえくぼができる。

「君は氷に覆われているが、その下は炎の塊じゃないかって気がするんだが」

ルーは言い返そうとして口を開けたが、何も言えなかった。ザイドに見つめられると、いつもそうなる。今まで誰もこんなふうに見つめてくれなかった。自分の好奇心と飢えをあらわにされ、ルーは顔がかっと熱くなった。

顔だけではない。熱いものは下腹部にも流れ、肌がざわつき始めた。

「二人きりになるときが楽しみだ」ザイドは周囲には聞こえない低い声で言った。「昼食はあと一時間ほどで終わる。心配しなくていいよ。慎重にするから」

ルーは顎をつんと上げ、小声で、しかしきっぱりと言った。「心配などしていないわ。初めてじゃないんだから」

「バージンじゃないのか？」

ルーの頬がかっと熱くなった。「もう三十歳よ」

ザイドの唇が引きつった。笑わないよう苦労しているらしい。「お互いに楽しめるようにしたい」彼はルーの紅潮した頬に見とれた。顔を赤らめるような女性に会ったのは何年ぶりだろう。

「これも仕事のうちよ。さっさと終わらせましょう」

「愛の営みをそんなふうに思っているのか？」

ルーは鋭い視線を彼に送った。「愛があるわけじゃないから、愛の営みとは言えないわ」

「もっと科学的な言い方があるとでも？」ルーは必死に答えを探している、とザイドは察した。

「セックスでいいわ」

ザイドは久々に気持ちが浮き立った。愉快な女性だ。そして、望みどおりの女性だ。とげとげしいところも悪くない。

一時間後、二人は客たちに別れを告げ、ザイドの部屋へ向かった。いかにも国王らしく、格調高い部屋だ。漆喰《しっくい》塗りの壁には豪奢《ごうしゃ》なタペストリーが掛かり、低いソファもカーテンも濃紺のベルベットで、金のシルクの刺繍が施されている。

開け放たれたドアの向こうに、巨大なベッドがちらりと見えた。ベッドカバーも濃紺のベルベットだ。居間の真ん中に立っていたルーは、思わず顔をそむけた。見なければよかった。

「シャンパンでもどうだい？」ザイドが銀のアイスバケットに手を伸ばした。

「ありがとう」ルーは片手を胃のあたりにあてがった。胃の中で蝶《ちょう》が何羽もはばたいている。

「座って」ザイドは手際よくコルク栓を抜いた。

ルーはあたりを見まわし、ひとつしかないひとり掛けの椅子に腰を下ろした。

彼女の選択に、ザイドはほほ笑んだ。二つのクリスタルのグラスにシャンパンを満たし、ひとつをルーに渡す。

「乾杯」ルーは明るく言った。

ザイドは彼女の目をのぞきこんで、グラスを掲げた。「長く幸せな結婚生活のために」

ルーは顔をしかめた。どうも薄っぺらで、誠実さが感じられない。「長く幸せな結婚生活のために」低くつぶやき、彼のグラスに縁を当てる。それから口もとに運んだ。よく冷えた辛口のシャンパンが舌の上で泡立ち、喉を通っていく。「おいしいわ」

「普段は飲まないのに」ザイドはルーと向かいのソファに腰を下ろし、ソファの背に片方の腕を伸ばした。なんとくつろいだ格好だろう。自分にも、人生に対しても、肩の力を抜いて向き合っている――そんな印象を受ける。ルーはうらやましく感じた。ザイドのようにのびのびと振る舞うことができたら、私の人生はもっと変わっていただろう。

ルーはまたひと口すすった。「ええ」

「今夜はなぜ？」

「あなたはここを受け継いだけれど」豪華な部屋全体を手で指し示した。「私が受け継いだものはちょっと違うの」

ザイドの目が真剣みを帯びた。「お父さんかお母さんが酒好きだったのか？」

「ええ、父がね。母はドラッグ依存者だった」

「君は違うのか？」

「もちろん。私は別の問題を抱えているの。人を信じられないし、自制心が強すぎる」ルーは自嘲《じちょう》気味にほほ笑んだ。「もう調べてあるんでしょう」

「君はご両親の話をしたことがないね」

ルーは顎を上げた。「たった今、したわ」

「ご両親はとても有名だった」

「奔放さでも有名だったわ」ルーは再びシャンパンをすすり、半分ほど空になったグラスを低いテーブルに置いた。

「なぜ自分の美しさを隠すんだ？　君は美しさで一

世を風靡《ふうび》したお母さんと同等か、それ以上に美しいのに」

ルーはじっと座っているのが精いっぱいだった。できるなら歩きたい、走りたい。走ってこの場から逃げ去りたい。

過去の記憶とつらい思いがよみがえってくる。それでも、ルーは穏やかに答えようと努めた。「美しさなんて無意味よ。意味があるとしたら、身勝手か痛ましいか、そのどちらかしかないわ」

「君はどちらでもない」

「外見にこだわらないと決めたのよ。心の中の、真の美しさを見つけるために生涯をささげようと思った。だからこの仕事を選んだの」

ザイドはしばらく黙っていた。「ピッパから聞いたが、君はデートにもセックスにもルールを設けているそうだね」

「あなたは頭の中でセックスのことばかり考えているんじゃないかしら」ルーは辛辣《しんらつ》に指摘した。

ザイドが笑い、目じりにしわが寄った。「ノーと言ったら嘘《うそ》になる。君は信じられないほど美しく、そそられる。君と関係を結ぶのを楽しみにしていると言ったら、迷惑かな？」

ルーはごくりと喉を鳴らして脚を組み、話題を戻した。「ピッパの言うとおりよ。クライアントには、五回目のデートまではベッドをともにしないよう忠告しているの。そのあとは本人の自由だけど」

「なぜ五回なんだ？　そもそも、ルールを設ける必要があるのかい？」

「セックスで関係が変わるものよ。特に女性は、その時点で相手に気持ちを寄せてしまう。男性は違う。だから、禁欲することによって、お互い対等でいられるの」

「セックスをすれば、ぼくに対する君の感情も変わるのか？」ザイドは静かに尋ねた。

「さあ……変わらないんじゃないかしら」

「どうして？」彼はさらに尋ねた。

「ベッドをともにしたあとで相手に親しみを感じたことがないから」ついに言ってしまった。ルーはばつの悪さを隠そうと肩をすくめ、ザイドが何か言うのを待った。だが、彼は食い入るようにこちらを見つめるばかりで、何も言わない。「そんなに経験はないし……」

　そこでルーの勇気はなえた。ベッドで何も感じなかったと言えば、女性として失格だろう。ザイドをがっかりさせるのでは、という不安が頭をもたげる。

「あなたはいつも初めてのデートで女性をベッドに引き入れているの？」ルーはだしぬけにきいた。

「いや、めったにないよ。そういうのは好みじゃないんだ」

「どうして？　男の人はセックスをしたがるわ」

「女性だって同じさ。だが、相手を少し知ってからのほうが楽しめると思わないか？」ザイドは立ちあがってルーを抱きあげ、自分の膝にのせて座り直した。「このほうがいい。こういう話を向き合ってするのは落ち着かない」

　ルーはザイドの膝の上で身をこわばらせた。スカートの薄い生地を通して彼のぬくもりが伝わってくる。

　ザイドはルーの顔を見て笑った。「どうした？」

「ずいぶん……距離が近いわね」

　彼はまた笑い、たくましい胸が揺れた。

「これからもっと近くなるよ、いとしい人《ラエーラ》」重々しく言ったものの、ザイドの目には温かみのある光が宿っていた。

　ルーはこぶしを固め、体の震えを止めようとした。

「急いですませたほうがいいかも。そうしたら、あとはゆっくりできるわ」

　またも幅広い胸が揺れた。ザイドの目にも口もとにも笑みが宿っている。天使のようだ、とルーは思った。こんな男性に抵抗できる女性がこの世にいるかしら？　無意識のうちに目が彼の顔とその表情に釘《くぎ》づけになっている。顔を指でなぞってみたい。高い頬も、まっすぐな鼻も、いかにもセクシーな上唇も……。

「君の表情は最高だ」

「そう？」ルーは彼の目を見あげた。

「ああ。ぼくを愛そうか嫌おうか決めかねている」

ルーは頬を真っ赤に染めた。「はっきり言わせてもらうわ。嫌うほうよ、殿下」

ずうずうしくもザイドは声をたてて笑った。

9

「口ではそう言っているが、いとしい人《ラエーラ》、体は別のことを言っているよ」ザイドは笑いをこらえようと必死だ。

ルーは背筋を伸ばし、彼と触れ合っている面積をできる限り小さくしようと努めた。「そう？」

ザイドは彼女の背中を撫《な》でた。「君の体はぼくのそばにいたがっている。ぼくも同じ気持ちだ」

「誤解よ」

「そうかな？」

ザイドのほうを向かされ、ルーは彼の胸に肩を押しつける格好となった。「そうよ」首の付け根が激しく脈打っている。

ザイドは無言でほほ笑み、顔を見つめたまま、片手をルーの顎にあてがった。その手を耳から髪の中へと滑らせていく。ルーは快感を覚え、足の指に力をこめた。うなじや頭皮をさすられるのは、なんとも心地よい。体の力を抜き、彼にもたれて、この感覚に酔いしれたい。

しかし、ルーは一度も男性にもたれたことがなかった。自制心は必要だと思う。しかも、夫になったとはいえ、ザイドはおよそ信頼できない人だとの思いもある。

けれど、ザイドは先を急がず、こうして触れるのを楽しんでいるように見える。首や肩をもみほぐされ、ルーはくつろぎ始めた。

まるで喉を鳴らしている猫ね、と頭の中で声がしているが、今はその声に耳を貸したくない。思いきり甘やかされているような感覚がたまらない。

ザイドが片手で背中をさすりつつ、もう片方の手で銀のヘアピンを抜き始めた。髪がほどけ、肩にこぼれる。彼はルーの顔をじっと見つめた。「君はとても美しい、プリンセス・フェール」

ルーは片方の眉を上げた。「プリンセス?」心臓が早鐘を打ちだす。

「今夜には王妃となるんだよ」

彼のぬくもりが伝わってくるせいか、ゆっくりと愛撫《あいぶ》されているせいか、ルーは頭の働きが鈍くなっていた。「私はおよそ王室にふさわしくないと思うわ」

ザイドは両手をルーの髪の中に入れて顔を上向かせた。「じゃあ、ぼくの目を通して自分を見たらいい」身をかがめ、彼女の顎のすぐ下にキスをする。耳たぶの下の脈打つ部分にも。

ルーは唇の内側を嚙《か》み、声をあげまいとした。喉から顎にかけて、彼の親指が円を描くようにさすっている。まさかと思うところがとても敏感になり、撫でられるたびに、緊張も喜びも増していく。

「ずいぶん反応のいい体だな」ザイドは言い、肩をそっと噛んだ。

ルーはあえぎ、身を震わせた。そしてうなじにそっと息を吹きかけられるや、激しくもだえた。「そう?」

「ああ、すばらしいよ」低くかすれた声で言い、ザイドは背中にキスをしながら、真珠のボタンをひとつ、またひとつと外していく。ついにドレスのトップが取り去られた。

そのとたん、ルーはザイドのほうに向き直り、彼の首の付け根に顔をうずめた。

「ルー、恥ずかしがらないで」

「でも、恥ずかしい」

「では、こうしよう」ザイドはルーの体の向きを変え、背後から抱きしめた。髪を持ちあげ、背骨のひとつひとつにキスをしていく。そしてブラジャーの留め金を手際よく外し、肩ひもを腕から取り去った。

胸が妙に重く感じられる。ザイドから何かを得たい。この激しい鼓動に見合う何かを。だが、それが具体的になんなのか、ルーにはわからなかった。

そのとき、胸を両手で包まれた。今まで味わったことのない、すばらしい感覚が押し寄せてくる。ルーはいつしか目を閉じ、身を反らして快感に酔いしれた。あらわになった肌の奥から、熱いものがわきだしてくる。胸の頂はうずいてますます硬くなる。もっと欲しい。未知の快感を味わいつくしたい。

ザイドは胸の頂に親指を押し当てたまま、ルーを自分にもたれさせ、膝で脚を開かせた。熱く張りつめた高まりが、脚の間を前後に動き始める。ルーは下唇を強く噛んだ。拷問としか言いようがない。なんとも奔放で衝撃的な、想像をはるかに超える快感だ。相手がザイドだからこそ、こんな気持ちになれるのだろう。鳥肌が立つほど官能的で、めくるめくようなエロチックな気持ちに。

ザイドが腰に手を滑らせ、スカートのファスナーを探り当てた。すばやく下ろし、脚から取り去る。ルーはさらに脚を開かされた。さらに強く彼が感じられる。体はますます熱く潤い、ちっぽけなシルクの下着はもはやなんの役にも立っていなかった。

彼の腕は胸のすぐ下にまわされ、指がシルクの湿った部分を撫でている。歯を食いしばりながらも、ルーは思わずうめき声をもらした。彼の指がシルクの下へと滑りこむ。最も敏感な部分に触れられ、背筋がぞくぞくした。さらにもう一度触れられると、目は大きく見開かれ、全身を震わせて激しく彼を求めた。

ザイドの指が体の中に滑りこんできたとき、ルーはすでに彼を求めることしか考えられなくなっていた。後方に手を伸ばし、彼の腰をつかむ。「始めたことは最後までやり通して。それも早くね。でないと、どうかなってしまうわ」

ザイドは笑ってルーを膝から下ろし、瞬く間に服も靴も脱ぎ捨てた。

今度はザイドと向き合う形で膝に抱きあげられ、ルーはぎょっとして彼の胸を両手で押した。「無理よ、こんな体勢で――」

「無理じゃないさ。これならぼくを見られるだろう。自分がどんな影響をぼくに与えているか、君は知るべきだ」ザイドはルーの顔を両手で包み、荒々しく唇を奪った。その瞬間、自分は彼のものだとルーは心の奥底で感じた。今までもずっとそうだった。だからこそ、ザイドが怖かった。見つめられただけで、逆らえなくなる。

ザイドはキスをしながらルーの体を持ちあげ、高まりの上にゆっくりと下ろしていった。その感覚はルーが初めて味わうものだった。分かち合うことに慣れていない。ほかの人の一部になることにも。シヨックを受けたルーは、鋭く息を吐いた。

「力を抜いて」唇を重ねたままザイドがささやき、ルーのヒップを両手で支えた。

だが、ルーはかぶりを振り、彼の肩に腕をまわして顔をうずめた。「無理よ。どうしていいかわからない」

「ぼくに任せて、ラエーラ」

ルーはきつく目を閉じた。「それが怖いのよ」

「ぼくが怖いのか?」

彼の声に、ルーはためらいとかすかな悲しみを感じ取った。まつげの下から涙がにじみ出てくる。ザイドを傷つけたくない。「あなたを愛するのが怖いの」

ザイドは身じろぎひとつしない。

「ぼくにも誰か愛してくれる人がいないとな」ついに彼は沈黙を破った。

その言葉に心を揺さぶられ、ルーの目から、こらえていた涙がこぼれ落ちた。顔を上げ、ザイドの目を見つめる。美しい顔だちなのに、瞳にはなんと寂しげで孤独な表情が宿っていることか。こうして肌と肌を合わせているというのに。

下唇が震え、新たな涙が流れた。「あなたを愛してみたい」ルーは両手でザイドの顔を包み、さっき受けたキスに劣らないほど激しくキスを返した。

これほど美しい男性が私を必要としている。私もザイドを必要としている。心を開き、彼を受け入れよう。不安以外の感情も認めよう。ルーは心身ともに彼を迎え入れた。

二人の動きがひとつになった。募りゆく興奮に、ルーは彼の髪に指をうずめ、胸を押しつけた。自分の鼓動が聞こえ、我が身が熱く輝いているような気がする。喜びはさらに高まり、全神経が張りつめ、ついに感覚の嵐《あらし》の中で砕け散った。間をおかずにザイドが身をこわばらせ、自らを解き放った。

生まれて初めて絶頂を知ったルーは、自身の感覚が信じられなかった。

彼女は疲れ果て、ぐったりとザイドにもたれかかった。いまだに余韻で体が震えている。

二人はそのままの姿勢で何分か座っていた。やがてザイドはルーを抱きあげ、寝室に向かった。上掛けをめくり、ひんやりしたシーツにルーを下ろして、自分も隣に横たわった。

「これからどうするの?」

ザイドはルーを抱き寄せた。「寝るんだ」彼はまもなく、そして数分後にはルーも眠りに落ちた。

どれくらい眠っていただろう。ルーが目覚めたとき、部屋は暗く、ひとりきりだった。

ベッドから下り、居間をのぞいてみた。ザイドはいない。ルーは寝室と続きのバスルームに向かった。

ザイドはここにもいない。だが、バスルームの中は湿気がこもり、アフターシェーブローションの香りがごくかすかに漂っていた。ルーは優しさと欲望の入りまじった、これまで味わったことのない感情に襲われた。ドアのフックには湿ったタオルが掛かり、大理石とガラスの広々としたシャワールームの前のマットも濡《ぬ》れている。ザイドはシャワーを浴び、髭《ひげ》を剃《そ》り、戴冠《たいかん》式の場に向かったのだ。

義務を果たし、これで堂々と国王になれるわけね。

さっきは楽しかった。彼を貪欲《どんよく》に求めてしまった自分に、少しショックを受けてもいた。

けれど、ひとりきりになった今、胸にぽっかり穴があいたように感じる。おびえもある。私は体だけでなく、心まで彼に与えてしまった。

振り返ったルーは、鏡に映る女性を見て戸惑った。これが自分とはとても思えない。唇と青い瞳ばかりが目立つ。しかも、火のような情熱と欲求が見てとれる。いかにも傷つきやすそうな女性だ。

ルーはシャワールームに入った。栓を開き、我慢できるぎりぎりまで温度を下げると、髪を洗い、力を入れて体を洗った。シャワーを浴び終えたときには歯ががちがち鳴っていたが、目的は達した。弱さも情熱もすっかり消えている。

ルーは体にタオルを巻きつけ、もう一度鏡を見た。心を閉ざした瞳、固く結んだ口。情熱も欲望も感じられず、静けさをたたえた顔だ。見慣れたいつもの自分に、ルーはほっとした。

服を取りに居間に戻ったルーは、椅子の背に衣装袋が立てかけてあるのに気づいた。クローゼットに入れていたものだ。

服が届けられたということは、ここでザイドを待てという意味かしら？

ルーは袋から服を取りだした。ピンクと白のコットンドレスで、幅広の白いベルトがついている。ピンクは嫌いなのに。でも、裸では自分の部屋に戻れない。

夜遅くなって、ザイドが捜しに来た。彼が居間に通じる石段を下りてきたとき、ルーはメールに返事を書くのに忙しく、ろくに顔も上げなかった。

「怒っているんだな」

彼が近づいてきても、ルーは画面を見つめたままだった。「忙しいだけよ。クライアントに連絡していなかったから」

「ディナーは断ったそうだね」

「おなかがすいていなかったから」

「信じられないな」

ついにルーは顔を上げた。「またトレイで食事をする気になれなかったのかもね」

「ほうっておかれたと感じているのか？」

「閉じこめられたと感じているだけよ」

ザイドは優雅な身のこなしで、ルーが座っているソファに腰を下ろした。ルーはソファの端に寄ったが、筋肉質の腿はまだ視界に入っている。さっきはあの上に座っていた……。

官能的な記憶が一気によみがえり、ルーは彼との間にノートパソコンを置いた。さっきの繰り返しはごめんよ。

「威嚇しているつもりかい？」

ルーはザイドをにらみつけた。「あなたの頭に投げつけるべきかもね」

ザイドはまじまじと彼女を見つめた。「君は物を投げるようなタイプには見えない」

「私のことを知っているとは思えないけれど」

「知っているつもりだよ」

こんなやりとりはしたくない。夜も更け、おなかもすき、傷ついて怒ってもいる。今日の午後は私にとって、天地がひっくり返るような体験だったのに、ザイドはまったく何も感じていないらしい。

「推理ごっこを続けるつもりか？　それとも、怒っている理由を話すか？」ザイドはノートパソコンのふたを閉め、ルーの手の届かないテーブルに置いた。

「黙って出ていったわね」

「君は寝ていた。戴冠式があったんだ」

ルーは胸の前で腕組みをした。「私を起こして声をかけるとか、せめて書き置きを残すとかできなかったの？」

「戻ってきたじゃないか」

「七時間以上も姿を見せなかったわ」

「戴冠式があった」

「わかってるわよ！」ルーは枕《まくら》をつかみ、両手に挟んで押しつぶした。「式を挙げ、結婚を完全なものにして、国王となった。大変な一日だったわね」

ザイドの表情がかすかに変化した。「ああ、大変で長い一日だった。だからといって感情的にならなくてはいけないのか？　母ならわかるが」

ザイドが長年かかわりを避けてきた母親……。ルーは殴られたように感じ、目を閉じて顔をそむけた。

感情を抑えようと、深呼吸を二度繰り返す。「ごめんなさい。そうね、長い一日だったわね」彼女は思いきってザイドを見た。

「もう寝よう」ザイドは立ちあがり、片手を差しだした。「おいで」

ルーは彼の手を見、それから顔を見あげた。「できればここで寝たいの。自分の部屋で」

「ひとりで?」黒いまつげが金色の瞳を覆った。

「ええ。もし許されるなら」ルーはごくりと唾《つば》をのみこんだ。

「もし許されるなら、か」ザイドは一歩下がり、眉を寄せて彼女を見下ろした。「今夜は結婚式の晩なんだよ、ルー」

目がひりひりする。どうか涙が出ませんように、とルーは祈った。「わかっているわ」

「なのに、もう別居状態になるわけか?」

「結ばれたとはいえ、なんの関係も築いていないわ。あなたがどうして私と一緒に眠りたいのかさえわからない。あなたにとって私はいったいなんなの、ザイド?」

彼は肩をいからせた。「妻だ」

「名ばかりのね」ルーは聞き取れないほど小さな声で言い返した。

「名実ともにだ。ぼくは君を守ると誓った。今後、ほかの誰よりも君を大事にすると誓った。それ以上に何を君に与えられると言うんだ?」

愛よ。それから友情と尊敬。

しかし、ルーは声に出して言えなかった。父とけんかをしていたときの母が思い出される。母には感情的にもろいところがあり、それを父は感傷的だ、弱々しいとあざ笑った。

私は弱くない。なんとかザイドの心に届く言葉を発したい。けれど、気持ちが激しく乱れている今、頭が思うように働かない。ザイドが時間をくれたら。もう一度座ってくれたら。これは単なるヒステリーではなく、正真正銘の不安だと理解してほしい。ルーはこれまで誰にも心を許してこなかった。感情を相手に伝えようと苦しんだこともなかった。

ザイドはわかってくれない。怒りと不快感ばかりが伝わってくる。

ルーは片手を彼のほうに差し伸べた。戻ってきて、この手を取ってほしい。お互いに冷静になり、理解し合いたい。

ザイドはルーの顔を見、手を見て、おもむろに首を振った。「ぼくは強くて自信に満ちた女性を望んでいたんだよ、ルー。ぼくは感情をむきだしにし、ドラマを演じるようなまねはしない。そういうのはできないたちなんだ」彼は背を向け、石段を一段おきに上がっていった。

ルーはパニックと絶望で押しつぶされそうになった。ここにいて。彼にそう頼むのよ！

母はよくそうしていた。うまくいく場合もあった。だが、ルーにはできず、口を開くことすらかなわなかった。石段をのぼりきったザイドがこちらを見下ろした。「明日やり直そう」

彼は冷静そのものだ。オスカー俳優だった私の父のように。ルーは目に涙をため、うなずいた。

「おやすみ、ルー」

ザイドは行ってしまった。ルーは枕をつかみ、胸に押し当て、声を押し殺して泣いた。

こういうシナリオを恐れていた。まるで父と母のやりとりそのものだ。言い合ったあげく、母は涙を流し、父は出ていく。

ルーは胸が張り裂けんばかりに泣いた。よほど気をつけなければ、両親と同じ結末が待っている。

10

翌日、ルーは午前中ずっとザイドを待っていた。だが、彼は現れず、使いもよこさない。時がたつにつれ、待つのがつらくなり始めた。

眠れぬ一夜を過ごしたルーは、自分の態度を反省した。確かにザイドは何も言わず、書き置きも残さず、七時間もほったらかしにしていた。しかし、彼には考えなければならないことが山のようにある。国王となった今、新たな責任が重くのしかかっているに違いない。心理学者なのだから、彼がいかにストレスの大きい状況に置かれているかを察するべきだった。

ザイドに謝りたい。できるなら、心を開いたあの時点に戻りたい。彼は悪い人ではない。それどころか誠意を感じる。

さらに一時間がたち、正午をまわった。昼食が運ばれ、下げられた。だが、なんの連絡もない。ザイドに会いに行こう。そう思ったとき、長衣姿の彼が居間に現れた。ルーと同じく疲れた顔をしている。

「こんにちは」机のパソコンに向かい、メールの返信をしていたルーは立ちあがった。こちらから連絡をとった三人の花嫁候補はザイドに会ってみたいという返事をよこし、そのうちの二人はとても楽しみにしていた。なんという皮肉だろう。

「お邪魔かな?」ザイドがパソコンを指さした。

「いいえ、切りあげようと思っていたところよ」ルーはなんとかほほ笑んでみせた。「あなたは忙しいの?」

「ああ。午前中は新しい閣僚たちとずっと話し合っていた。シャリフの葬儀について、ジェスリンとも話し合った」

やつれるのも無理ないわ。「ゆうべはごめんなさい。私が悪かったわ。自分のことしか考えず――」

「結婚した当日に、何時間もほうっておかれたんだ。誰だっていい気分にはなれないよ」

ザイドが理解しようとしてくれているとわかり、ルーはほっとした。息を吐き、肩の力を抜く。「本当は戴冠式《たいかん》に出たかったの。男性のみの式だとわかっているけれど、あなたのことが大事だから、一緒にいたかった」

「戴冠式のあとに晩餐会《ばんさん》があることを知らなかったんだ。シャリフの戴冠式に出ているのに」ザイドも息を吐き、かぶりを振った。「少なくとも、君に連絡するべきだった。すまない」

「いいのよ」ザイドのベッドで目を覚まして以来、ルーは初めて普通に呼吸ができるようになった気がした。「お互い未経験のことばかりだし、圧倒されているのは私もあなたも同じだと思う」

「だが、ここはぼくの家だ。慣習にも慣れ親しんでいるが、君には初めてのことばかりだ。それを忘れていたよ。償いをしたい。今夜は外でディナーをとろう。気に入っている店があるんだ」

ルーは思わず笑みを浮かべた。「ええ、お願い。どんな街かも見てみたいし」

「じゃあ、七時に迎えに来る」

「わかったわ」

ルーは六時半までに出かける支度をすませた。マナーと一緒に選んだのは、マイケル・コースのロングドレスだ。ピンクとオレンジのまざった繊細なシルクに金の斜線が入り、大きく開いた胸もとにはまばゆい宝石がちりばめられている。そしてシャンデリアのような金のイヤリングをつけた。髪は下ろしたほうがいいと言い張るマナーに従い、こてを使ってつややかに仕上げた。

努力した甲斐《かい》があった。七時きっかりに居間に入ってきたザイドは、ルーを見て笑みを浮かべた。彼は黒いスーツに白いシャツ、暗色のネクタイといういでたちだ。

「すばらしいとしか言いようがないよ」

ルーは頬を染め、スカートの裾《すそ》をつまんだ。「ピンクもいいわね」

「君に似合っている」ザイドはまたほほ笑み、腕を差しだした。「行こう」

外には黒塗りのベンツのセダンが待機していた。窓は色つきで、おそらく防弾ガラスだろう。

隣にザイドが乗りこみ、しなやかな革のシートがかすかに沈んだ。ルーの脈が速くなった。脚が触れ合いそうになり、ルーは両膝をぴったり合わせた。この前二人で車に乗ってから、二、三日しかたっていないのが嘘《うそ》のようだ。あれから、信じられないほど状況は様変わりした。

「居心地が悪いのかい?」ザイドがルーを見て尋ねた。

ルーは顔を赤らめ、私道に立ち並ぶ椰子《やし》の木を見やった。「わくわくしているだけよ。この国に来て何日かたつのに、まだ何も知らないんだもの。あなたの奥さまがまったくの無知だと思われないよう、簡単に説明してもらえないかしら」

「シャリフから聞いているだろう」

「いいえ」ルーは即座に否定した。「彼は自分のことを何も話さなかったわ。雑誌で戴冠式の記事を見て、初めてプリンスだと知ったくらいよ」

「それでも、君は兄を指導者と呼んでいるね」

「とてもよくしてもらったから。私にとっては、兄か名づけ親のような存在だったわ。自分が受けたものは、できる限りほかの人に返しなさいって言われたの」

「それで、ぼくと結婚したのか？」

ルーは首を横に振った。「自分を犠牲にしたわけじゃないわ。私との結婚に、ずいぶんお金がかかったでしょう」

「王家の花嫁とはそういうものだ。シャリフの最初の妻、ズーリマには二千万ドルかかった。ぼくの父は乗り気でなかったが、彼女こそシャリフにふさわしいと母が言い張るものだから」

ルーはザイドの横顔を見つめた。まだ街灯はついていないが、車内はだいぶ暗くなっている。「お母さまの言うとおりだったの？」

「いや。そのころ、シャリフはすでにジェスリンと恋に落ちていた。母はシャリフに知られないよう、こっそりジェスリンを追いだしたんだ。三人の娘に恵まれたものの、幸せな結婚ではなかった。シャリフはジェスリンを愛し続けていた。ズーリマにも精いっぱい尽くしたが、彼女はシャリフを決して許さなかった」

「でも、シャリフとジェスリンはその後、結ばれたわ」

ザイドは窓の外をじっと眺めた。近代的なオフィスビルが立ち並び、歩道には多くの人たちが歩いている。「それでも、九年も離ればなれだった。二人で過ごした時間は短すぎる」

ルーは胸を締めつけられた。「気休めにしか聞こえないでしょうが、二人の間にはプリンス・タヒールが生まれたわ。ハンサムで賢く、いたずらで、本当にかわいらしい子よ。ジェスリンにとって、大きな慰めになると思うわ」

「ぼくたち全員にとってだ」ザイドは厳しい顔をルーのほうに向けた。「タヒールが王位を継承する年になるまで、あの子とこの国を守ると昨夜の戴冠式でぼくは誓った。バラカのマリク・ヌリ国王も、その弟カーレン・ヌリも、ワーハのスルタンであるシーク・テアも、タヒールとサルクを守ると誓ってくれた。シャリフはそれほど皆に慕われていたということだ」

　ルーは片手を伸ばし、彼の手に重ね合わせた。

「あなたが帰国して国王になったと知ったら、シャリフはとても感謝すると思うわ」

　ザイドは彼女の手を口に運び、手の甲にキスをした。「ありがとう、いとしい人《ラエーラ》。ぼくたちの結婚を祝おうとしているのに、ぼくは自分の家族の話ばかりしているね」

「できる限り知りたいわ」

　ザイドはほほ笑んだ。しかし、目は笑っていない。

「では、サルクと首都イシの話をしようか」

　彼は語り始めた。サルクはアラビア海に面した小国で、人口の九十パーセントがイスラム教徒だが、あらゆる文化を受け入れる寛容さがある。海辺は一年じゅう楽しめるリゾート地として、近ごろ世界の注目を集めているという。

「開発ブームは十五年続き、ドバイを除く中東諸国やアラブ首長国連邦よりも充実したリゾート地となった」

　車が赤信号で止まった。ベールをつけた少女が三人、笑いながら通りを走って横断していく。

「大型リゾート施設の上位五つには、おそらくぼくがいちばん投資していると思う。だが、自分の判断が間違っていたのではないかと思い始めている。開発の門戸を開いたのは父だった。シャリフもそれを受け継いだけれど、開発をもっと制限するべきだったとぼくは思う」

「シャリフはあなたにノーと言いづらかったんじゃないかしら」

「環境への影響に関して、ハリドとけんかをしたこともある。世界の経済競争の中でサルクに繁栄をもたらせるというときに、砂丘の保護を訴えるハリドが愚かしく思えた。しかし、今になって、弟が正しいと思うようになった。砂丘が失われたら、野生生物も失われる。子どものころから知っている動植物を、ぼくの子どもたちが知らずに育つというのはつらい」

車は繁華街を抜け、いつしか古いイスラム建築の目立つ通りに入っていた。前面は白塗りで、アーチや小塔や円柱が建物を特徴づけている。

まもなく車は一般の住居のような建物の前で止まった。ルーは薄暗い窓の外を見やった。レストランの看板らしきものは見当たらない。「私たち、ディナーを食べに来たのよね?」

「もちろん。入ればわかるよ」

二人は三段の石段をのぼった。住宅地でよく見かけるドアだが、ザイドがドアベルを鳴らすと、音もなく開いた。そこは焦茶色で統一された四角いホールで、巨大なシャンデリアがつつましい光を放っていた。

すぐさまダークスーツ姿の男性が現れ、二人にお辞儀をした。「フェール国王、ようこそおいでくださいました。テーブルをご用意しております」

「ここは?」ルーはささやいた。

「会員制のクラブだ」

「看板もないし、ずいぶん閉鎖的なのね」

「会費が高いからね。だが、プライバシーと心の平和が尊重されるとなれば、人は喜んで金を出す。ぼくの仲間には、そういう人が多いんだ」

ルーはちらりとザイドを見やった。「あなたがクラブのオーナーなんでしょう。世界じゅうにこんなクラブを二十くらい持っているんじゃない?」

ザイドは驚きを隠しきれなかった。「なぜ知っている?」

「けさインターネットで、あなたの会社と投資一覧を見たのよ。夫のことをできるだけ知っておいたほうがいいと思って」

「賢い女性だ」ザイドは低く笑った。

二人は豹柄《ひょうがら》のカバーのかかった低いソファのある部屋に入った。正方形のテーブルも低く、その上ではろうそくの炎が揺らめいている。部屋全体にすがすがしい香り――青りんごと刈ったばかりの芝草の入りまじったような香りが漂っていた。

その部屋を抜けると、ダイニングルームに出た。白いラッカー仕上げのテーブルが七つほど点々と置かれ、白壁に濃い茶色のスエードが張ってある。どのテーブルにも銀の大皿とろうそくが置かれていた。

「私たちで貸し切ったようなものね」ルーは隅のテーブルに着いた。

「ほかに客がいなくて助かったよ」そのとき初めて、ルーは彼の顔に疲労が色濃く浮かんでいるのに気づいた。

「今回の件は、あなたにとってすごく大きな変化だったのでしょう？」

「子どものころから国王になどなりたくないと思っていた。自分のすべてをつぎこまなければできない仕事だ、と父を見て感じていたからね。国王の責任はとてつもなく重い。だが、シャリフは文句を言わず、ぼくたち弟に愚痴をこぼしたこともない」

ルーはろうそくの明かりに照らされたザイドの顔を見つめた。額に刻まれたしわも、目の下の隈《くま》も、新たな魅力に感じられる。より強く、より成熟した男性に見える。「きっと今までの生活がなつかしくなるでしょうね」

ザイドの唇がゆがんだ。「モンテカルロでの暮らしは気に入っていた。ロンドンにもニューヨークにもアパートメントを持ち、仕事も旅行も楽しかったけれど、家族が安全に暮らすのが何よりだ。ぼくがここにいないほうが家族は安全だと思っていたが、単なる思いこみにすぎなかった。自由な暮らしそのものより、単純にそう信じていた時代をなつかしく思うだろうな」

「安全を保証された人生なんてないわ。でも、だからといって、呪《のろ》われているということにはならないのよ」ルーは優しく言った。

「ぼくは呪われている。家族も知っていることだ」

ルーは水が入っていた空のグラスを押しやった。

「ジェスリンが言っていたわ」

「いつ？」

「結婚式の朝よ。贈り物を持って私の部屋に来て、その帰り際に言ったの、呪いのうわさに耳を貸さないようにって」ルーは不安を隠しきれず、ザイドを見つめた。「過去に何かがあったのね。ジェスリンは詳しいことは話さなかったし、私もあえて質問しなかった。だけど、あなたの頭上に垂れこめている黒雲がなんなのか知りたいわ」

「黒雲どころじゃない。そのせいでシャリフまで死んだ」

「シャリフは呪いを信じていないとジェスリンが言っていたわ」

「それで、彼は今どうなった？」

二人の目が合った。「何があったのか教えて。お願い」

「ロマンチックな晩に話すことじゃない」

「ここなら誰にも邪魔されないわ」

ザイドは探るようにルーを見た。「話を聞いたら、ぼくに対する君の気持ちが変わるかもしれない」

ルーは顔をしかめた。「たぶんいい方向にね」

「難しい状況のとき、ちょっとしたユーモアは大いに役立つ」ザイドはルーの手を取ってぎゅっと握りしめ、すぐに放した。「本当に知りたいのか？」

「ええ」

「今夜は短めにしておくよ」

しばしザイドは口をつぐんだ。それからおもむろに首を振って自分の額を撫《な》で、ルーを見た。

「十七歳のとき、ぼくは隣国の人妻に恋をした。彼女は二十四歳、とても美しく、エレガントで、チャーミングだった。彼女の笑い声ほどこの世にすばらしい音はないと思った」ザイドはテーブルに視線を落とした。「ヌルはドバイのプリンセスで、隣国のシークと見合い結婚をした。夫はぼくの父と親しくはなかったが、顔見知りで、年に何回かヌルと顔を合わせる機会があった。二人きりで過ごしたことは一度もない。競馬場やパーティ会場で見かけるだけだった」

ルーは彼の顔を見つめていた。さまざまな感情が浮かんでは消えていく。

「ヌルを心から愛していた。結婚していると知っていながら、十七歳のぼくはどうしても彼女に思いを伝えたかった」顔を上げ、ルーの目を見る。「キスさえしたこともない。そういう接触は一度もなく、ただ、愛を告白しただけだったのに……」ザイドの声が一瞬途切れた。「その後、ヌルが姿を消した。誰にも事情がわからなかった。二週間後、彼女が死んだと伝えられた。不義を疑った夫がヌルを殺したんだ」

目にありありと苦しみの色を浮かべ、ザイドは続けた。

「彼女のためなら命も惜しくなかった。ただ、愛したかった。ぼくに自制心がなかったばかりに、ヌルは疑われ、殺されたんだ」

ルーは両手を胸に押し当て、黙って話を聞いていた。職業柄、人の苦しみや不幸を聞くことは多いが、これは人を押しつぶしてしまう苦しみだ。

「ヌルには何も罪はなかった」ザイドは静かに言葉を継いだ。「ぼくを弟として優しく接してくれただけだ。今でもときどきヌルを思う……。彼女の恐怖も痛みも、自分のことのように感じられる」

「でも、触れてもいないんだったら……」

「フシューマの問題だ」ザイドが目を伏せ、黒く長いまつげが高い頬をかすめた。「西洋には存在しない恥の概念だ。悪いことをし、それを人に知られた場合、恥をもたらした元凶を破壊するという形で贖罪《しょくざい》しなければならない。目が罪を犯したのなら、目をくり抜くというように」

彼はさらに続けた。

「ヌルの夫もその家族も、当然のことをしたと思っている。だが、ぼくはなんの代償も払っていない。だから我が一家は呪われた」

「代償は払ったわ。最愛の人を失うよりつらいことはないもの」ルーはそっと言った。

「充分ではないと信じる者が大勢いる。ヌルの夫は、ぼくに責任をとらせるよう父に迫った。父はぼくの処刑を拒み、イギリスの学校に行かせた。だから皆、ぼくたち一家に呪いが降りかかっていると信じている。妹たちが死に、父も死に、そして今度はシャリフだ」

悪夢のような話だが、筋は通っている。ザイドが恋愛結婚はしないと言っているのも理解できる。彼は今なおヌルを愛しているのだ。

「お気の毒に――」

「ぼくは罰せられて当然だ。けれど、妹たちや兄にはなんの罪もない」

「呪いではなく、運が悪かっただけだとしたら?」

「業とか報いとかいう言葉があるだろう」

「因果ってことね。でも、悲劇が起きたのはあなたのせいだとご家族は思っていないのよ」

「ぼくは思っている。それで充分だ」

その瞬間、ザイドという人がわかった、とルーは思った。冷たく傲慢《ごうまん》でもなければ、身勝手でもない。過去の苦しみを引きずる孤独な人だ。愛する者が傷つくのを恐れるあまり、自ら距離をおいたのだ。

私と同じように、彼も傷ついている。だからこそ、彼が怖いと感じるのだ。

ルーが身につけていた心のよろいに、またも亀裂《きれつ》が生じた。ザイドを思うと胸が締めつけられる。彼に恋をした、とルーはつくづく思い知らされた。報われぬ愛とわかっているにもかかわらず。

愛してくれなくてもいい。尊敬し合い、支え合っていけるなら、ロマンチックな愛などなくてもかまわない。ウエイターが現れたとき、ルーは自分にそう言い聞かせていた。

疑いも感情も欲求もすべて抑えつけ、ルーはザイドの手に触れた。彼には妻が必要だ。彼が求める妻になってみせよう。

「食事がすんだら、まっすぐ宮殿に帰って静かに過ごしましょう。考えるのは明日でいいわ」ルーは穏やかに言った。

11

宮殿に戻った二人は、そのままザイドの部屋へ向かった。部屋にはろうそくが優しい光を放ち、サンダルウッドの香りがかすかに感じられる。

「すてきね」ろうそくの炎が揺れ、壁や石の床で長い影が踊っている。

「ロマンチックな雰囲気を出そうと、使用人が気をきかせたようだ」ザイドは苦笑した。「昨夜君と一緒に過ごさなかったから、彼は心配し、よかったらアドバイスをしたいと言っていたんだ」

ルーは小さな金のバッグをソファの後ろにあるテーブルに置いた。「あなたはアドバイスを求めなかったのね？」

「ああ」ザイドは言い、ルーに近づいた。

とたんにルーの脈が跳ねあがった。

彼がウエストに腕をまわし、ルーを引き寄せた。

彼女の胃の中で蝶《ちょう》が激しくはばたく。いまだに警戒心が解けずにいる。体の接触にも、彼との関係そのものに対しても。結婚したという事実をどう受け止めていいかわからない。

「またあれこれ考えているね、ドクター・トーネル」ザイドの唇が彼女の耳をかすめた。

彼のぬくもりがドレスを通して伝わり、骨までしみ通っていく。なんと魅惑的なぬくもりだろう、とルーは内心で嘆息した。あらゆる喜びと安心が約束されている。「頭を使うのが好きなの」

「優秀な頭脳の持ち主だからな。もっとも、体のほうも優秀だが」

ルーの心臓が早鐘を打ちだした。「体について知り合うより先に、お互いのことをもう少し知るべきじゃないかしら」

ザイドはルーの首筋にキスをした。「両方同時というのはだめかな？」

たった一回のキスでこうも骨抜きにされてしまうなんて。ルーは目を閉じ、体内を駆けめぐる甘い興奮を抑えようとした。「うまくいかないわ。体のほうは簡単に満足してしまうから」

ザイドはルーをのけぞらせ、顎の下にキスをした。「その点はぼくにはわからない。君はまったく挑戦のしがいがあるよ、ドクター」

ルーは息をのんだ。敏感な顎をザイドの唇が這《は》うにつれ、欲望が募っていく。

もともとゴージャスなザイドだが、この数日で、単に見た目が美しいばかりでなく、心に深く訴えかけるものも有しているとルーは感じていた。今まで誰にも触れられたことのない心の奥底にまで、彼は入りこんでくる。

唇の端にキスをされ、さらに体を密着させる格好になった。

ザイドは私の中の欲求と感情を呼び覚ます。そういうものが欲しいと思わせる。でも、彼は私を守る、尊敬するとしか約束しなかった。

気をつけなければ身の破滅よ。ルーの頭の中で、かすかな声が警告を発した。

自衛本能が目覚め、欲望の霧が晴れる。ザイドにすべての権力を与えるわけにはいかない。お互いに同等な立場で、真のパートナーとしてやっていかなければ、私たちの関係は長続きしない。ルーはザイドを押しやり、少し距離をあけた。

「もう遅いわ。自分の部屋に戻らないと」なんとか冷静な声で言おうと努めた。彼と離れるのがどんなにつらいか、悟られたくない。

「ぼくたちの部屋はここだ。君の部屋にあったものはすべてここに運んである」

ルーはさらに一歩あとずさり、両手を腰にあてがった。「それで今夜出かけたの？　私に内緒で荷物を運ばせるために？」

「いとしい人《ラエーラ》、夫婦は同じ部屋を使うものだよ」

「私の気持ちより、使用人の気持ちのほうが大事だというの？」

ザイドは笑った。その低くかすれた声に、ルーは背筋がぞくぞくした。なんと男らしく、野性的で、落ち着き払っているのだろう。

「笑わせようと思って言ったわけじゃないわ」感情的になりすぎている、とルーは感じた。寝不足だとこうなる。この二晩、ろくに眠っていない。今は何よりもぐっすり眠りたいのに、ザイドのベッドでは絶対に無理だ。「このごろあまり眠れていないの」

ザイドはほほ笑んだ。「ここでもちゃんと眠れる。君に飛びかかったりしないよ」

どうしていつも心の中を読まれてしまうのだろう。

ルーはいらだたしげに言い返した。「私はひとりで寝るのに慣れているの。男の人とひと晩過ごしたことがないのよ」

金色の瞳が温かみを帯びた。「一緒に昼寝するのと大差ない。夜のほうがちょっと長いだけさ」

「でも、隣にあなたがいるってわかるもの」

「それがまずいのかい？」

気が散るわ。ルーは心の中で返事した。肘をまだつかまれているのも、脈が跳ねあがっているのも、強く意識してしまう。彼の顔を見あげると、なぜか胸を締めつけられた。この人が、こんなゴージャスな国王が私の夫だなんて、どうして信じられよう？

「ベッドに行こうか？」ザイドの声が低くなった。

「ええ、二人の間に枕《まくら》を積みあげていいならね」

「何を怖がっているんだい？　今夜は手を出さないと約束しただろう、ラエーラ」

あなたが怖い。愛してくれない人に恋してしまったことが怖い。

ルーは感情を抑え、あざけるような笑みを浮かべてみせた。「ちゃんと休めないんじゃないかって心配なのよ。言っておくけれど、もし手を出してきたら肘鉄を食らう羽目になるわよ」

ザイドは屈託なく笑った。少年のように。「そんなふうにぼくを脅した女性は君が初めてだ」

「それは、常識のある女性を誘惑するのは私が初めてだからよ」

金色の瞳が温かい光を放っている。ザイドは挑戦を受けるのが好きなのだ。挑戦されると、彼の野性的な面が表に出てくる。ベッドに入る間際に、まずいことをしてしまった。ルーは悔やんだ。

「マナーはナイトドレスも忘れずに持ってきてくれたかしら」

「忘れているといいな。裸のほうがよく眠れるよ」

「まあ、ぬけぬけと！」

「ぼくのシャツを着てもいいけれど、そこに君のクローゼットがある。見てごらん」

ルーはクローゼットのドアを開けた。色とりどりの服がずらりと並び、チェストにはシルクやサテンの下着が詰まっている。ナイトドレスも何着か入っていた。ルーは最初に見つけたドレスをつかんだ。象牙《ぞうげ》色のつややかなシルクで、ごく細い肩ひもがついている。バスルームで着替え、歯を磨き、髪をとかして、ザイドの巨大なベッドへと向かった。

ザイドは肘掛け椅子に座り、官能的な口もとに笑みをたたえ、ルーを見つめている。

紳士じゃないわね。ナイトドレスと言えないほど生地が薄く、体の線があらわになっているのが自分でもわかる。しかし、ルーは彼の視線など気にも留めないそぶりを見せた。

「あなたはどちら側を使うの？」ベッドの前まで来てためらい、ルーは歯を食いしばってザイドを見た。

彼の視線がルーの体を這い、脚の付け根のあたりで止まった。そして胸へと上がっていく。

「君が寝ている側だ」

ルーの頬がかっと熱くなった。「約束したでしょう」

「だが、それは君がホイップクリームみたいな格好で出てくる前の話だ」ザイドは瞳に飢えをあらわにし、つけ加えた。「今すぐ君を食べてしまえる」

彼は本気で言っている、とルーは感じた。「じゃあ、私はこちらで寝るから、あなたは向こう側を使って。話し合いは明日しましょう」彼女はそそくさとベッドに入り、首まで上掛けを引きあげた。「おやすみなさい」

「おやすみ」

ザイドはすぐにはベッドに入らなかった。読書用ランプをつけてほかの照明を落とし、しばらく本を読んでいた。

彼のベッドでは眠れないと思っていたルーだったが、いつしか眠りに落ちていた。ふと目覚めたとき、とても暖かく、窮屈に感じた。

　上掛けを押しやろうとしたとき、上体に太い腕が巻きついているのに気づき、ルーはぎょっとした。

　きのうも愛の営みのあとでこんなふうに眠ったが、今とは状況がまったく違う。

「深く息を吸って。さあ、吐いて。もう一度」ザイドが眠そうな声で言った。

「腕をどかしてくれたらリラックスできるわ」

「君は親密さの問題に取り組む必要があるな」

　ルーは肩越しにザイドを振り返った。「問題は私のほうにあるというの？」

　ザイドが低く笑った。温かな息がルーのうなじにかかる。

「落ち着きたまえ。暴れたり叫んだりしたら眠れなくなるぞ」

　ルーは身を硬くした。「暴れても叫んでもいないわ。こんな状態では苦しいと言っているだけよ」

「だが、悪い気はしないだろう」

「あなたにとってはね」

「君もさ」

　ルーは肘で彼のわき腹をこづいた。「ちっともよくないわ」

「本当に？」

　ルーははっとした。腕をまわされているだけでなく、彼の手が今にも胸に触れそうな位置まで達している。「ザイド」

「なんだい、愛する人《ラブ》？」

　ルーは目を閉じ、息を止めて、彼の指が繰りだす甘美な感覚を無視しようと努めた。胸のすぐ下を、続いてふくらみを撫《な》でられ、硬くなった頂が手のひらでこすられる。「私は〝恋人《ラブ》〟じゃないわ」ルーはあえぎながら抗議した。

「そうだよ、君はぼくの妻だ」ザイドはルーを仰向けにし、脚を開かせた。それから片腕で体重を支えつつ、身をかがめて唇を重ねた。反応を強いるような情熱的なキスにルーの鼓動が激しくなり、欲望が全身を駆けめぐる。

ルーは自分の気持ちに逆らわず、ザイドの首に両腕をまわし、口を開けた。

唇も口の中も彼の舌で刺激され、神経がますます研ぎ澄まされていく。ついにルーは腰を浮かせ、彼に押しつけた。だが、ザイドは先を急ごうとしない。キスを深め、リズミカルな愛撫《あいぶ》を繰り返す。ルーはあえぎ、ただ身をくねらせるしかなかった。彼と一緒にのぼりつめたい。今はそれしか考えられない。

「うん？」唇を重ねたまま、ザイドがささやき、彼女の紅潮した顔に張りついた髪をそっと払った。

「どうしてほしいかわかっているくせに」

「わからないな。ぼくが触れても、気持ちよくならないみたいだし」彼はルーの首に軽く歯を当てた。

もどかしさのあまり、ルーはうめきそうになった。耳の下の脈打つ部分を舌ではじかれ、たまらず身を反らす。下腹部は痛いほどにうずいていた。「気持ちいいわ」歯を食いしばり、白状する。

「さっきの話と違う。認めるかい？」

手と舌で触れられ、愛撫され、頭がまともに働かない。「ええ、私が間違っていたわ。まるで夢を見ているような気持ちよ」

次の瞬間、シルクのナイトドレスの上から胸の頂を吸われた。胸はますます重く、感じやすくなっていく。

ついに自制しきれなくなり、ルーはザイドの肩に腕を絡め、腰を浮かせて、我が身を彼に押しつけた。ザイドは薄い木綿のパジャマのズボンをはいているが、それでも雄々しい高まりははっきりとわかる。

ルーは腰を動かし、彼の興奮のあかしを自らの下腹部で確かめていった。

その動きがだんだん激しくなると、ついにザイドはうめき、ナイトドレスの裾《すそ》を腰の上までめくりあげた。

「美しいとしか言いようがない。君にはあらがいがたいものがある」ザイドはかすれ声で言い、あらわになった下半身に手を這わせた。腹部から腿の内側へ、そして外側へ。ほどなく彼の指は熱い潤いを探り当てた。

膝を使ってルーの脚を開かせ、その間に身を滑りこませるや、ザイドは高まりのなめらかな先端を押し当て、一気に彼女を貫いた。

その瞬間、ルーは息をのみ、ザイドの肩に唇を押しつけた。熱く、激しく突かれるたびに、全神経が目覚めていく。ルーは自制心をかなぐり捨て、身も心も彼にゆだねた。想像を絶するような興奮が幾重にも押し寄せてくる。興奮の波が引いたと思ったとき、また新たな波が押し寄せ、ルーはさらなる高みへと運ばれてのぼりつめた。

ルーはザイドの下でぐったりとしていた。目を開けたとき、ザイドが笑いを必死にこらえているのが見えた。

「生きているかい？」

「ええ、かろうじて」

「二回はちょっと欲張りすぎじゃないか？」

ルーは顔を赤らめ、鼻の頭にしわを寄せた。「あなたは……その……よかった？」

ザイドの瞳が輝いた。「ああ。ありがとう」

「私のせいじゃないわよ。最初の時点であなたが止めなかったから――」

「二回楽しめそうだと思ったんだ」

「おかげさまで」

ザイドは身をかがめ、優しくキスをした。もう一度。「ぼくの氷の女王はとてつもなく熱くなれる」

唇を重ねたままささやき、さらにもう一度キスをした。

ルーはどきっとした。彼を愛していると改めて思い知らされた。言葉などいらない。熱いキスで思いの丈を彼に伝えればいい。

ほんの少しでもいいから、いつの日か私のことも愛してほしい。ルーは祈るような気持ちだった。

翌朝、ザイドは朝食をベッドに運ばせた。マナーが果物、ペストリー、ヨーグルト、ジュース、コーヒーをのせたトレイを運んできた。

「あと数分で電話会議が始まる。それがすんだら戻ってくるから、二人でこっそりここを抜けだそう」

コーヒーにクリームを入れていたルーは、はっと顔を上げ、その拍子にクリームをこぼしそうになった。「抜けだすって、どこに?」ザイドはすでにシャワーを浴びて着替え、その姿は非の打ちどころがない。

「カーラにあるぼくの夏用の宮殿だ。海のそばで、とても美しい。ぼくたちにはハネムーンも必要だ」

ハネムーンと聞いてルーは頬を染めた。「今ここを留守にしても大丈夫なの?」

「ほんの二、三日ならなんとかなる。君の持ち物はマナーに荷造りさせよう。いいね?」

ルーは両手でカップを包み、ほほ笑みながらうなずいた。「ええ、お願い」

二時間後、二人はヘリコプターでカーラへ向かっていた。ザイドはいったいおもちゃをいくつ持っているのだろう。ジェット機、ヨット、ヘリコプター、豪華な車、アパートメント、そして宮殿まで。

離陸して一時間十五分後、ザイドが眼下に広がる紺青の海のそばに立つ白亜の建物を指さした。「あれがぼくの宮殿だ」

ルーは横目でザイドを見て、胸の内で彼の言葉を繰り返した。私は宮殿を持つ男性と結婚したのだ。国王となった男性と。結婚したことが、いまだにしっくりこない。思い描いていた生き方と大きく異なってしまった。

ヘリコプターが敷地内のヘリポートに向かってゆっくりと降下し、宮殿の全貌《ぜんぼう》が見えてきた。砲塔、塔、アーチ型の窓、格子細工、まばゆい白に塗られた分厚い石壁……。建物の隅に生えている棗椰子《なつめやし》やココナッツ椰子のすらりとした幹が、白壁と見事な対照をなしている。壁で囲まれた庭にプールもちらりと見えた。ルーは思わずザイドに手を伸ばした。胸の高鳴りを抑えられない。楽しくなりそうだ。そういえば、最後に楽しんだのはいつだったかしら？

ザイドがルーの手を口に運び、手首の内側にキスをした。いつかきっと彼は私を愛してくれるだろう。決して見果てぬ夢ではない、と彼女は思った。

それから四日間、二人は愛を交わし、遅くに目覚めて、プールサイドで日光浴をしたり海で泳いだりして過ごした。そして、ルーはよく食べた。これほどしっかり食べたのは何年ぶりだろうというぶかるくらいに。

ザイドはよく気がつき、愉快な話をして笑わせてくれる。彼女はますます彼に心を奪われていった。

彼が木曜の朝にイシに戻るのはわかっていた。閣僚たちとの会議があり、シャリフの葬儀についてジエスリンとも話し合わなければならない。長い一日になるだろうが、彼は夜にはヘリコプターでここに戻ってくるという。

木曜の朝、ザイドがベッドを離れたとき、ルーも起きあがった。「私も一緒に行くわ。何かお手伝いできるかもしれない」

石灰岩造りの巨大なバスルームに裸で向かっていたザイドは、ドアの前で立ち止まった。「君はここでゆっくりしていたまえ」

「もし用事が一日で終わらなかったら?」

ザイドは無造作に肩をすくめた。「そうしたら、明日の朝早く戻ってくる。君もするべき仕事があるだろう。今のうちにメールをチェックしたらいい」

ザイドの言うとおりだ、とルーは思った。クライアントたちは連絡がとれずに困っているだろう。けれど、冷たい霧の漂うサンフランシスコで仕事するのとはわけが違う。ここカーラでは太陽が明るく輝き、窓から外を見るたびに、オリーブやオレンジの木々が、プールが、出ておいでと手招きする。

「わかったわ。でも、できたら今夜のうちに帰ってきてね。ひとりきりだと、勝手が違うから」

12

その晩、ザイドは戻ってこなかった。

翌日もなんの音沙汰《おとさた》もなかった。いつ戻るという連絡すらよこさなかった。

ルーは傷ついたが、彼を責めるまいと思った。ザイドは多くの責任を抱え、家族から頼られている。これ以上彼を苦しめたくない。

事を荒立てないようにしようと考え、ルーは彼が発《た》って数日は忙しく過ごしていた。だが、仕事が片づくにつれ、暇な時間が増えていく。そんなとき、ザイドと二人で過ごしたいと思う。ルーにとって彼はすでになくてはならない存在になりつつあった。

ザイドは頭の回転が速く、愉快で、一緒にいて本当に楽しい。

ルーはため息をつき、宮殿の前のプライベート・ビーチを歩いていった。足もとに波が静かに打ち寄せる。水は冷たく、湿った砂を足に感じるのは心地よい。この場所が気に入った。太陽も、海も、潮の香りもいい。でも、私はひとりぼっち。

ザイドがなんの連絡もよこさないのがこたえ、子どものころの記憶がよみがえった。父は酔うとルーの存在を忘れてしまう。母は気分がめいると、娘のことなどかまっていられなくなる。イギリスの祖母を養育者とすると裁判所が最終決定を下したのを受け、母は自ら命を絶った。

ルーは大人になり、仕事で成功を収めたが、いざというとき頼りになる人がいないと感じていた。

不安はさらなる不安を生むばかりよ。ルーは自分に言い聞かせ、宮殿の庭に通じる古い石段をのぼっていった。今度ばかりは不安に屈するまい。ザイドは仕事で忙しいだけよ。私にだって仕事がある。仕事に疲れたら、何か楽しいことを見つけよう。

ルーは昼まで水着でプールサイドにいた。大きなパラソルの下でノートパソコンに向かい、女性誌に載せるエッセイを書いた。二カ月後にシカゴで行う講演の準備もある。仕事が片づき、部屋に戻ってシャワーを浴び、ターコイズブルーと象牙《ぞうげ》色のシルクのチュニックと、象牙色のカプリパンツを身につけた。サンダルはウェッジソールで、トルコ石の飾りがついている。それから執事を呼び、市場《バザール》に買い物に行くので車を用意してほしいと告げた。

執事は目を丸くした。汚らしく、人でごった返す場所に、王妃が行きたいというのが彼には信じられないらしい。

「今日は土曜日で、買い物客や観光客でいっぱいですし、銅製品や食料品くらいで、お気に召すようなものは何もありません」

「そういうのが見たいのよ。カーラにはすばらしい歴史があるし、探険してみたいわ」

「陛下にご相談いたします」

「こんなことで指示を仰ぐ必要はないわ。ボディガードを数名つけてくれたら大丈夫よ」ルーはきっぱりと言った。

ルーは四人のボディガードとともに街に繰りだした。

車窓から見る風景に心が躍る。歴史を誇る港町も、有名なバザールも早く見たい。ルーは財布を持ってきていた。遅ればせながら、ザイドに何か結婚のプレゼントをしたい。服や宝石類をいろいろもらっていながら、私からは何もあげていない。買い物をする機会もなかった。ザイドを驚かせるようなものをぜひ見つけたい。

バザールは執事が言ったとおり、混雑していた。長衣姿の男性やベールをかぶった女性が、露店の連なる狭い道に何百人とひしめき、買い物をしたり店主と値段の交渉をしたりしている。

ルーは二時間ほどぶらぶら歩き、街角の店でミントティーを飲んだ。店主は感激し、アーモンドクッキーをひと皿サービスしてくれた。だが、黒いスーツ姿のボディガードに囲まれての飲食は、くつろぎのひとときとは言いがたかった。

ルーが買ったのはパン、チーズ、チョコレート、果物、そしてレモン風味の炭酸水だった。厨房《ちゅうぼう》のスタッフに頼み、冷蔵庫に入れておいてもらおう。ザイドが帰ってきたら、浜辺でピクニックよ。

満ち足りた思いで宮殿に戻ったルーは、留守中にザイドから電話があったと執事に告げられた。あと何日かは戻れないという。

買い物の包みを抱えたまま、ルーはわびしそうに執事を見つめた。あと何日か。もしかしたら一週間、いや、それ以上になるかもしれない。

ルーは失望をこらえ、包みを執事に渡し、自室に戻った。アーチ型の窓辺に立ち、しばらく海を眺めていた。波が浜に寄せては泡となって砕け、引いていく。

三十分ほど考えたすえ、ルーはザイドとじかに話そうと決めた。カーラでは携帯電話が通じないから、宮殿の電話を借りよう。ルーは無愛想な執事を捜しに部屋を出た。

執事は自分が電話をすると言い張った。しかも、とがめるような口調で。

「自分でかけられるわ」

「番号をご存じですか？」

「携帯電話のはね」

「王族の方々は宮殿では携帯電話を使いません。私が電話いたします」

「夫なのよ。人を介さず、自分で直接かけたいわ」

執事は表情をこわばらせた。「わたくしは邪魔などしておりません、妃殿下。お助けしようとしているだけです」言うなり背を向け、彼はその場を去った。

邪魔だなんて言っていないのに。でも、彼は英語が母国語ではないし、西洋の女性の扱いにも慣れていないのだろう。

ルーは落ち着こうと深呼吸をした。何ひとつ事が簡単に運ばない。何をするにも、人に頼らなければならない。でも、今は何よりもザイドと話したい。執事の力が必要なら、借りたらいいわ。

ルーは執事のあとを追った。手短に、だが誠意をこめて謝り、フェール国王に電話をつないでほしいと頼んだ。

執事はうなずき、ついてくるよう手招きした。ルーは椅子に座り、じっと待っていた。電話は宮殿のスタッフからスタッフへとまわされている。

数分後、執事は受話器を置いた。

「申し訳ございませんが、陛下は会議中です。お電話があったことを陛下にお伝えすると、部下が約束しております」

ルーは明るくほほ笑んだが、執事に背を向けた瞬間、顔から笑みが消えた。わがままを言いたくない。けれど、自分が取るに足りない存在だと感じたくもない。

何より、これほどの孤独を感じたくはない。

またもルーの中で不安が頭をもたげた。結婚したことで、自分というものが失われてしまうのでは？　夫はイシで仕事をし、妻の私はカーラの宮殿で彼の帰りをじっと待っているだけ。子どものころもそうだった。母が泣きやむのを、父が飲み終えるのを、誰かがかまってくれるのを、じっと待つしかなかった。

だからこそ結婚などしたくなかった。人を愛するのが怖かった。

待ち続けたあげく、絶望とさして変わらない思いを味わわされるのだから。

一週間後、ついにヘリコプターの飛行音が聞こえてきた。ルーは窓辺に行き、ザイドのヘリコプターだと確認した。ここを発って十日後、夫がようやく帰ってきたのだ。

ルーの中にはうれしさと怖さが同居していた。どう感じていいのかわからない。ルーは部屋でザイドが来るのを待っていた。だが、一時間たっても彼は現れない。

前向きな気持ちでいよう。部屋の中を歩きまわっていたルーは本を取り、ザイドが来るまで気を紛らすことにした。きっと来てくれる。十日も会っていないんだもの、彼だって少しは寂しく感じているはずだ。

この数日は本当に寂しかった。自分が孤立しているとの思いを痛切に感じていた。携帯電話は使えず、メールもたまにしかつながらない。ルーは仕事中心だった今までの生き方が恋しくなり始めていた。考えてもどうしようもないことを考える暇のない、慌ただしい日々がなつかしい。

目の奥がつんとなり、ルーは目をきつく閉じた。ザイドは忙しいだけよ。私がどんなに会いたがっているかわかれば、彼はきっと来てくれる。

そう自分に言い聞かせてみても、安らぎは得られない。子どものころもまったく同じだった。父が約束の日に会いに来てくれるのを、母の家の玄関で待っていた。コートのボタンを全部留め、人形を抱きかかえ、小さな椅子に座って、パパは今ごろこちらに向かっていると自分に言い聞かせ続けた。パパは私を忘れてはいない、忙しいだけよ……。

ルーは両手で顔を覆い、声を殺して泣きだした。心の最も暗い部分から涙があふれ出てくる。

結婚などしたくなかった。なのに、自分のことしか考えないハンサムな父とそっくりな人と結婚してしまうなんて。

その日の午後遅く、ルーのメイドが銀のトレイに封筒をのせて現れた。メイドが去ってから、ルーは厚みのある小型の封筒を開けた。

今夜九時にディナーに来たまえ。ザイド

ルーは唇をゆがめ、二度、三度とカードを読み返した。確かにザイドの字だ。命令調なのも彼らしい。十日も会えず、寂しさに耐えて待ち続けていたのが、こんな人だったとは。

ルーはカードを破り捨てた。

夜の九時ではなく、今すぐ彼に会おう。こんな結婚は望んでいなかった。はかない夢はもはやついえた。今はただ、自尊心を救いたい。それだけだ。

ルーは白いスラックスと、飾り房のついたエメラルドグリーンのセーターに着替え、革のフラットサンダルを履いた。つやが出るまで髪をブラッシングして、低い位置でポニーテールに結い、気持ちを奮い立たせようと軽く化粧もした。

ザイドのオフィスへと向かう。部屋の前に警護隊が控えていたが、ルーは無視した。本来なら国王の許可がなければ入れないが、今日ばかりはどうでもいいという気分だった。もう待つのはうんざり。

オフィスに入り、ぎょっとした表情のスタッフには目もくれず、まっすぐザイドの机へと向かう。ザイドの表情が驚きから非難へと変わったが、それも無視する。宮殿の人たち全員から非難されてもかまわない。私はここの文化になじんでいるわけではない。従属的な立場の者として扱われることにも。

「二日後にチューリッヒで会議があるの。もう荷造りはすませたわ。飛行機の切符はあるから、あなたの専用機を使う必要はないけれど、パスポートを返してほしいの。あなたが保管しているんでしょう」

ルーはきびきびと言った。

一瞬、全員が凍りついた。まもなくスタッフは音もなく姿を消した。

会議があるのは事実だが、荷造りのくだりは嘘《うそ》だった。予定は変更できないと伝えたいがために、嘘をついたが、ザイドの気持ちしだいで予定は変わる。今ではすべてがザイドを中心に動いている。ルーは気分が悪くなった。恋に落ち、自分を見失ってしまった。これでは母と同じだわ。

「本当に出かけるつもりなんだな」ザイドが口を開いた。

ルーは食い入るように彼を見つめた。髪は少し伸び、顎の輪郭は心もち鋭く、目も冷たさを増している。こうして見つめているだけで、決意が鈍ってしまいそうだ。でも、屈してはだめ。男性に依存するばかりの女性にはなれない。

かつて母を愛していた父は、最後には母を軽蔑《けいべつ》するようになっていた。愚かだ、弱虫め、となじった。その後何年もたち、離婚が認められると、母はドラッグに頼り、泣いてばかりいた。

男性は愚かな女を軽蔑する。女性は自分が愚か者になったとき、自分を軽蔑する。

私は決して愚か者にはならない。ザイドに軽蔑されるなんて耐えられない。ルーはわずかに顎を上げた。「また仕事がしたいのよ」

ザイドは椅子の背にもたれた。「いいだろう。君が仕事を続けるのも出張するのもかまわないと決めたのだから」

私のことなど、どうでもいいのね。ルーは胸に強烈な痛みを覚えた。「もうここには戻らないつもりよ」静かに言う。「家もオフィスもサンフランシスコにあるの。ここにいても、私は誰からも必要とされていない。ここにいる意味がないのよ。それに、結婚は一時的なものという約束だったわ。引き延ばすこともないでしょう？」

ザイドは両手を上げた。「確かにそうだな」

ルーは胸が張り裂けそうだった。やはり、私のことなどなんとも思っていないんだわ。「じゃあ、これで終わりね？　出ていっていいのね？」

「君は囚人ではない。いつでも好きなときに立ち去ることができる」

ザイドの顔にはなんの感情も表れていない。ルーはそれがこたえた。彼のために多くをあきらめたというのに、彼のほうは何も感じていなかった。「結婚し、国王となり、責任を果たしたから、もう私には用がないというわけね」怒りに声が震える。

「そんなことは言っていない」

「ええ。でも、結婚してからほとんど一緒に過ごしていないわ。二週間のうち、一緒だったのは五日だけ。電話すらかけ直してくれなかった。そんなに私が嫌いなの、フェール国王？　私と一緒に過ごすのがそんなに苦痛なの？」

「君を避けているわけでは――」

「私を避けているの？」

ザイドはいらだちを抑えようと深く息を吸いこんだ。「ぼくには仕事がある。この国は一カ月近くも支配者が不在だった。するべきことが山積しているんだ」

「結婚したばかりの妻はどうでもいいというのね」

「子どもじみた言い方だな」

「ええ、そうかもしれない」ルーはゆっくりと言った。「けれど、少なくとも私は正直よ。あなたを必要としていたと認めるくらいはできるわ」

ルーは返事を待った。何か言ってほしい。けれど、ザイドは無表情にこちらを見ているだけだ。この人は何も感じたくないに違いない。感情に煩わされるのがいやなのだろう。でも、私は違う。ザイドと親しく接し、感情は必ずしも悪いものではないと思うようになった。人生に彩りを添える場合もある。だけど、感情を分かち合えないのなら、結婚生活を続けるのは不可能だ。

「パスポートは？」ルーは低く言い、手を差しだした。

ザイドは机の引き出しの鍵《かぎ》を開け、パスポートを取りだした。だが、立ちあがってルーに渡そうともせず、ただ手に持っているだけだ。

何か言って。ここに残りたいと思いたくなるようなことを言って。

しかしザイドは何も言わなかった。ついにルーは机の前まで行き、彼の手からパスポートを取った。

「さようなら、ザイド。元気でね」ルーは彼の目を見て穏やかに言った。

ザイドは椅子に座ったまま、パスポートを握りしめて出ていくルーをじっと見つめていた。

これでいい、と自分に言い聞かせる。ここはルーのいるべきところではない。彼女はぼくの妻となるべきではなかったのだ。ぼくから離れたら、彼女は安全でいられる。

ルーを守ると約束していながら、傷つけてしまった。だが、守ろうとしたのは事実だ。さまざまな問題にルーを巻きこまず、彼女の人生に影響を及ぼさないよう努めてきた。しかし、ぼくはサルク国王としても、夫としても、まだ慣れていない。しかも、国が第一で、家族はその次という優先順位は動かせない。

ルーはタフで賢い女性だ。彼女なら大丈夫だろう。

十分後、車のエンジン音が聞こえ、ザイドは窓の外を見た。

走り去るベンツを視界にとらえたとたん、ザイドは全身を焼きつくすような後悔の念に駆られた。

この十日間、ルーに会いたくてたまらなかった。恋に落ちたも同然の状態だった。夜はろくに眠れず、ルーの声聞きたさに、一時間ごとに電話したいと思ったほどだ。今しがたのルーは美しかった。日焼けして頬は赤く、金髪はいつにも増して輝いていた。エメラルドグリーンのチュニックに白いスラックス姿のルーは実に気性の激しい、誇り高き女性に見えた。

そして、ルーは深く傷ついてもいた……。

ザイドは再び後悔の念に胸を締めつけられた。

ぼくのルー。彼女なら大丈夫だ。仕事に追われ、じきにぼくのことなど忘れてしまうだろう。だが、ぼくのほうは……。

呪《のろ》いさえなければ……。

立ち直れないのはぼくのほうかもしれない。

13

シャリフ・フェール、生存を確認。

ルーはシカゴ・トリビューン紙の見出しをもう一度読んだ。

消息を絶って八十日、シャリフ・フェール国王は生きていた。

鼓動が速くなり、吐き気がする。新聞を持つ手が激しく震え、本文が読めない。シカゴのコーヒー店で、ルーはテーブルの上に新聞を広げた。

奇跡よ。奇跡としか考えられない。

ああ、ジェスリン。そして子どもたち。どんなに喜んでいることか。

そしてザイド……。

こみあげる涙を乱暴にぬぐい、ルーは小さな活字を目で追った。

王室専用機の墜落で大けがを負ったシャリフ・フェールは、遊牧の民、ベルベル人によって救出された。ベルベル人たちは国王と知らず、頭に傷を負った国王自身、自分が何者かわからずにいた。一カ月後、ベルベル人が負傷者のために薬を求めているといううわさを聞きつけた国王の弟、ハリド・フェールは、サハラ砂漠を駆けめぐり、四週間後ついにこの部族を見つけだした。彼はひと目で兄とわかったという。現在、国王はサルクの首都イシで治療を受けている……。

ルーは胃に手をあてがった。吐き気はまだ続いている。こんな場所で戻したくない。

シャリフが生きているとなると、ザイドはどうなる。

るの？

だが、彼のことを考えただけで、胸が焼けただれたように感じてしまう。

もう私には関係のない人よ。ザイドはサンフランシスコにルーの名義で銀行口座を設け、研究センター用の資金として何百万ドルも振りこみ、さらに毎月送金してくる。

ルーはその口座に手をつけなかった。ザイドのお金など欲しくない。彼にはいっさいかかわりたくない。

四時間後、ルーはシカゴのホテルで講演を行った。アメリカ結婚・家族問題カウンセラー学会の会員一千人を相手に、恋に落ちた際の生物学的および化学的影響について語った。恋愛初期には脳のドーパミン効果が強烈だとの研究結果が出ている。これが相手を求める気持ちを高め、睡眠障害を起こし、思考に混乱をもたらす……。

ルーはさらに、恋愛初期における関係の終焉《しゅうえん》についても論じた。ドーパミンがまだ大量に出ている段階ゆえ、別れは身体的にも精神的にも苦しさを伴う、と。

彼女は科学者ならではの落ち着いた声で語っていった。サルクから帰国してからの苦しみはまったく感じられない。ドーパミンは消えるのに何カ月もかかる場合があるが、時がたつにつれ、必ず減少していく。体を動かすことは、クライアントによい効果をもたらすが、苦しみを完全に取り除くことはできない。失恋に効く薬はいつか開発されるだろうが、それはまだ何年も先の話だ……。

講演のあと、二十分の質疑応答があり、ルーはそれも無難に終えた。

スポットライトの当たる演壇を下り、薄暗い舞台の袖《そで》へと引っこんだとたん、ルーはプラスチックのごみ箱に駆け寄って吐いた。

どうしよう。結婚などしたくなかった。子どもなど欲しくなかった。妊娠八週目に入ったのに、恋に破れた身を支えてくれる人はいない。自分ひとりなら、なんとかやっていけるのに。私はいったいどんな母親になるのだろう？

ザイド・フェール国王は舞台の袖に立ち、講演しているルーを見つめていた。もともとやせていたのがさらにやせ、シンプルな黒のスーツに顔の青白さが目立っている。おしゃれとまではいかなくても、もう少しましな格好をすればいいのに、とザイドは思った。しかし、ルーの声には力強さがあり、聴衆をしっかり見すえている。質問を受けても、自信に満ちた態度で答えた。見事なものだ。

ルーを立ち去らせて正解だった。

相変わらず成功を収めている姿を見て、ザイドはほっとした。千人を収容できる会議室は立錐《りっすい》の余地もなく、入場するためにザイドはホテルの清掃作業員を買収しなくてはならなかった。

講演を終えたルーがこちらに向かってくる。ザイドは柱の陰に身を隠した。ところが、彼女は清掃用具を積んだ台車に向かい、ごみ箱に身をかがめて吐いている。肩を震わせ、涙を流しながら。

ルーは病気だ。ショックを受けたザイドは思わず歩み寄った。

二人はリムジンの後部座席に座り、病院に向かっていた。「病気じゃないわ」ルーは何度も繰り返し、窓を少し開けた。冷たい夜気が流れこんでくる。吐き気を催したときは、冷たいものが心地よい。

「現実を否定するな」

「否定していないわ。病院に行ってもどうしようもないの。医師ができることなど何もないのだから」

「診てもらわなければわからない」ザイドは怒鳴っ

た。

静かな口調で話すザイドしか知らなかったルーは目をしばたたき、そして低く笑った。人生はなんて不公平なのだろう。

「何がおかしいんだ？」ザイドは相変わらず怒った口調で尋ねた。

「あなたも、私も、全部よ」ルーは用心深く車のドアにもたれた。「あなたが結婚せざるをえなかった相手は、結婚も子どもも望んでいなかった。私は病気じゃないのよ、ザイド。妊娠しているの」今にも戻してしまいそう。ルーは必死にこらえた。

結局、ルーは病院に連れていかれた。医師はザイドの名を聞き、すぐに二人を超音波検査室に招き入れた。

カーテンを引いた狭い検査室で、若い医師はモニターを見つつプローブを動かしている。画面を見ようと、ザイドはベッドに身を乗りだしていた。

ついに医師がモニターを二人のほうに向け、画像を指さした。「ここところに鼓動が見られます」顔を上げ、二人に笑いかけた。「双子ですね」

ルーは気を失いそうになった。「そんなばかな」

「いや、ありえる。ジャミラとアマンも双子だった」ザイドはなんの感情も交えずに言った。

「ありえないわ」赤ちゃんひとりでも困っていたのに、二人ですって？　熱い涙がこみあげる。

医師はモニターの電源を切り、スツールに腰を下ろした。「おめでとうございます」

二十分後、二人を乗せたリムジンはルーのホテルへと向かっていた。ルーは黙りこくっている。ザイドも沈黙を破ろうとしなかった。

妊娠八週間ということは、ルーは一カ月ほど前に妊娠に気づいたはずだ。なのに、ぼくになんの連絡もよこさなかったとは。ザイドは重いため息をついた。ルーを責めるわけにはいかないだろう。今までろくに支えてやらなかったのだから。彼は良心の呵《か》責《しゃく》を感じた。

ルーが身ごもっているのはぼくの子だ。男の子と女の子か、それとも……。

幼いジャミラとアマンが宮殿内でかくれんぼをしていた姿が思い出される。二人とも本当に美しい子だった。

今、ルーはいざというときのために紙袋を手にし、ぼんやりと窓の外を眺めている。その横顔になんの感情も浮かんでいないのがザイドは気になった。

「大丈夫か？」ザイドはできる限り優しくきいた。

「いいえ」

「ぼくは何をしたらいい？」

ルーはかぶりを振った。「赤ちゃんひとりでも大変なのに、二人なんて、とてもじゃないけれど育てられないわ」

「ぼくが手伝う」

「けっこうよ」

「いとしい人《ラエーラ》――」

「私はあなたのラエーラでもなんでもないから」ルーはいらだちもあらわに遮った。

「ぼくの妻だ」

「結婚は解消したわ」

「解消していない。絶対に離婚などするものか。ぼくは誓いを――」

「くだらない！」目に涙をきらめかせ、ルーは彼のほうに顔を向けた。「あなたは誓いと呪《のろ》いと迷信と亡霊の世界に住んでいるのよ。そういう世界に私はなじめない。私は科学を信じているの。客観的事実をね。あなたが決して私を愛することがないのは、事実がはっきり物語っている。そんな男性に私の人生を託すつもりはないわ」

ルーは激情に駆られ、自分の胸に親指を立てた。

「私はもっと幸せになってもいいはずよ」

次の瞬間、彼女は両手で顔を覆い、背中を丸めてさめざめと泣いた。

ザイドは見知らぬ人を見るような目でルーを見つめていた。

ルーはぼくを愛している。

言葉に出さなくても、苦悩に満ちた声で、絞りだすようなすすり泣きで、はっきりとわかる。なのに、ぼくはルーをひどく傷つけてしまった。

罪の意識もあるが、それよりも悲しみが押し寄せてくる。泣いているルーの姿に、幼い少女が重なって見える。今までなぜその少女の存在に気づかなかったのか。ザイドは触れようと手を伸ばしたが、ルーは肩を揺すってはねつけた。

「やめて」

手を引っこめようとしたとき、ルーの指の間から涙がこぼれ、膝に落ちるのが見えた。ルーには家族がいない。親しい友人もほとんどいない。ぼくのほかに誰が彼女を支えてやれるんだ？　ほかに誰がルーを愛してやれる？　ザイドは胸を焼かれたように感じた。ルーにはぼくが必要だ。ほかの誰でもない、このぼくが。

どうしてぼくでなければいけない？　なぜルーはぼくを愛した？　理由などどうでもいい。ルーはぼくを愛している。その事実だけで充分だ。それがすべてだ。ザイドはまたも手を伸ばし、強引にルーを膝の上に座らせ、自分の胸にもたれさせた。

「泣くな」ザイドはルーの髪を撫《な》で、こめかみにキスをした。「君を愛している。もう二度と君を手放さない。約束する」

その晩、ザイドはルーの部屋に泊まった。ルーは彼にいてほしくなかったが、追いだす力も残っていなかった。すばやくシャワーを浴び、フランネルのパジャマに着替え、ベッドに潜りこんだ。

ルーはベッドの中で、ザイドに背を向けた。顔を見られたくない。彼を見る気もしない。ルーは心底怒り、傷ついていた。そのうえ体調も最悪だった。妊娠しているとわかっただけでもつらいのに、双子だなんて……。

ザイドが戻ってきた。私のために。本当は彼に戻ってきてほしかったんでしょう？

子どものころは、父と母が自分の間違いに気づき、もう一度私を愛してくれるよう、ずっと待ち望んでいた。父母は期待に応《こた》えてくれなかったが、ザイドは戻ってきてくれた。私のために、これからはずっとそばにいると言ってくれた。

なのに、どうしてうれしくないの？　なぜこんなに悲しいのだろう？

なぜなら、ザイドにはそうするべきだという義務感と責任感しかないからだ。

シャリフのことも気になるが、二つの小さな命のことで今は頭がいっぱいだ。

どうして避妊を怠ってしまったのだろう？　いちばん肝心なことなのに。

一方、ザイドはルーが寝つくまで待ち、それからベッドに入った。横になっても長らく眠れずにいた。

けがまだ癒《い》えないとはいえ、シャリフは生きている。ジェスリンと子どもたちは大喜びだ。ハリドの妻のオリヴィアは、元気な男の子を出産した。そして今やぼくが父親になろうとしている。宮殿に平和と繁栄が戻り、サルクは祝い事が相次いでいる。

呪《のろ》いの力が解け始めたのかもしれない。それとも、ルーがかつて言ったように、呪いなどそもそも存在せず、ぼくが勝手に罪の意識に苛《さいな》まれていただけなのだろうか。

そろそろ人生を違う目で見てもいいんじゃないのか？　自分の幸せを考えてみてもいいのでは？

眠りに落ちたルーは、いつの間にかザイドのほうを向いていた。緊張がほどけ、安心しきって寄り添っているように見える。その姿を眺めるうちに、ザイドは胸が熱くなった。頰に張りついた淡い金色の髪をそっとはがすと、胸はさらに熱くなり、息苦しくさえなった。

科学者であり、ぼくの子どもたちの母であるルー。妻よ、ぼくの妻よ。

ルーはぼくのものだ。ルーを心ゆくまで愛したい。ヌルのとりこになって以来、ほかの誰かを愛したことは一度もなかった。心にぽっかりあいた穴が、今や炎で満たされている。これほどまでに激しい思いを、ぼくはうまく扱えるだろうか。熱い。胸にも、体にも、やけどを負ったような痛みがある。ザイドは目を閉じ、歯を食いしばってうめき声をこらえた。

ヌルの死を聞かされてから、感情はほとんど死に絶えていた。だが、今感じているのは悲しみとはほど遠く、そしてはるかに複雑だ。

ザイドは命の炎を感じていた。その炎は心に巣くう闇《やみ》と闘い、打ち負かそうとしている。

そのとき、ひんやりした手が頰に添えられた。

「ザイド？　どうしたの？」

ルーの切迫した声が聞こえたが、とっさに言葉が出てこなかった。起きあがった彼女の長い髪が彼の肩にかかった。

「ザイド、ザイド、私を見て」

ザイドはやっとの思いで目を開け、ルーに焦点を合わせた。美しい顔がなぜかにじんで見える。次の瞬間、ルーが彼の目の下をそっとぬぐい、ザイドは自分が泣いていたことに気づいた。

「ザイド、どうしたの？」動揺したルーが繰り返す。

これほどの苦しみは初めてだ。額に玉の汗が浮かんでいる。ザイドはかすれた声で言った。「愛している。君を愛している。許してくれ、ラエーラ。ぼくには君が必要なんだ」言った瞬間、胸の炎が消え、苦しみも消えて、疲れがどっと押し寄せてきた。

「具合が悪いみたい。熱でもあるの?」

ルーが戸惑うのも無理はない、とザイドは思った。

「ぼくが愛していると言ったから?」

「ウイルスか食中毒のせいかもしれないわ」

笑いたくないのに、ザイドの胸の筋肉が勝手に震えた。「いや、大丈夫だ。これほど晴れ晴れした気分になったのは二十年ぶりだ」

ルーはベッドサイドの明かりをつけ、彼をじっと見つめた。

「呪いは終わったようだ……」ザイドはためらい、やがてうなずいた。「いや、ついに終わったんだ」

「どうしてわかるの?」

「君をどんなに愛しているかわかったからさ。愛より強い力はない。迷信よりも強い」

「この一時間で急に心境が変化したわけ?」

ザイドは腹の底から笑った。「もっと前からだよ。シャリフは戻り、ジェスリンに幸せが訪れた。ハリドとオリヴィアには息子が生まれた。どこを見ても幸せがある。命の輝きが、そして愛がある。呪いの影はどこにも見当たらない。暗い影はぼくの中にあるだけだったんだ」

「その影は?」

「消えたよ。だから、君のもとに来たんだ」

「シカゴにね」

科学者らしい歯切れのよい声を聞き、ザイドは思わず笑みをもらした。「ああ、シカゴに君を捜しに来た」

「どうして?」

「もちろん、君を愛しているからだ」

いぶかしげにザイドを見つめていたルーは、急に顔をしかめてベッドから跳ね起きた。

ルーがバスルームにこもっている間に、ザイドはルームサービスを頼んだ。氷、ソーダ水、ジンジャーエール、何も塗っていないトースト、プレーンタイプのクラッカー、メロンをひと切れ、そしてよく冷えた葡萄《ぶどう》を大至急で。

ルーがベッドに戻って間もなく、サービス係がワゴンを押して現れた。ザイドはチップを渡し、トレイを自分でベッドまで運んだ。

「ザイド、今は胃が何も受けつけないのよ」実際、食べ物のことを考えただけで吐き気がした。

「魔法の食べ物だ。吐き気止めの効果がある。オリヴィアは妊娠期間中ずっと吐き気に悩まされていたが、こういうものは食べられた。試してごらん」

ザイドはボウルのふたを開け、緑の葡萄をひと粒もいでルーに渡した。彼女はおそるおそる口に入れ、しばらく転がしてから噛《か》んだ。甘く、冷たく、すばらしい味が口の中に広がる。ルーは自ら葡萄に手を伸ばした。結局、葡萄を半房、メロンを二口、トーストを半分食べ、満ち足りて横になった。

「だいぶ楽になったわ」笑みが浮かんだのは何日ぶりだろうと思いながら、ルーは枕《まくら》にもたれ、目を閉じた。なんと長くつらい二カ月間だったか。「双子なのね」しばらくしてルーはつぶやいた。

吹きだす音に、ルーは目を開けた。ザイドが満面の笑みを浮かべている。

「君には残念だろうが、ぼくにとってはうれしい限りだ。お互い親になるんだ」

ルーは気分が沈んだ。「なりたくなかったのに」

「だが、君は避妊すると言わなかった」

「わかっているわ」ルーは眉をひそめた。「変な話ね、私はとても几帳面《きちょうめん》なのに。自分が妊娠するなんて想像できなかったのかもしれない」

ザイドは片肘をついて体を支え、ルーを見つめた。

「本当は妊娠したかったんじゃないのかな」

「まさか。絶対にそれはないわ。私はいい母親になれないもの」

「君はお母さんとは違う。自分の子を見捨てるようなまねは決してしない。君自身、心の奥ではわかっていたんだと思う」

ルーは膝を抱えた。「あなたの言うとおりだと言いたいけれど、私は母にそっくりなの。だからあなたのもとから去ったのよ。愚かで弱いところが母と同じだから」

ザイドは笑い、仰向けになった。それでもまだ笑っている。ルーは枕をひとつつかんで、彼をたたいた。

「どうして笑うの？　言いたくないことを打ち明けているのに」

「弱い女性が立ち去れるかい？　愚かな女性が経済的にも精神的にも人の支えを借りず、たったひとりで生きていけるか？　そんな女性にぼくが夢中になるとでも思っているのかい？」

二人の視線が合った。希望、不安、懸念、喜び、さまざまな思いがルーの胸中を駆けめぐる。

「私に夢中なの？」ルーは小声できいた。

ザイドは顔を寄せ、ルーの顔にかかった髪をそっと払った。「ああ。百パーセント自信を持って言える」

「信じられない」

「だから、ぼくはここに来たんだ。どうしてもこの目で君を見て、大丈夫だと確信したかった」

「それで、大丈夫だったの？」

「ああ。けれど、ぼくたちは一緒になったほうがもっといいと思う。君もぼくも、求めているものを手に入れられるからね」

「それはどんなものかしら、ザイド・フェール？」

ザイドは白い歯を見せ、にやりとした。「愛だよ、ラエーラ」

ルーは長い間彼を見つめていた。目の前にいるのは、義務感に支配されている男性でもなければ、亡霊に悩んでいる男性でもない。私が求めるものすべてを持っているザイドだ。「失業したからそんなことを言っているの？」

ザイドは一瞬きょとんとしてから、喉の奥で笑った。「でも、シャリフが……」「失業などしていないよ」

「すぐに復帰できるような体調ではないんだ」ザイドの顔から笑みが消えた。「マスコミには公表していないが、記憶が完全に戻ったわけではない。頭の傷はかなりひどかった。回復にはまだまだ時間がかかる」

「記憶を失っているの？」

「ああ、かなりね。ジェスリンのことは覚えていた。国王になる前、ロンドンで暮らしていたころの記憶は残っている」ザイドは片方の眉を上げた。「君のことも覚えていたよ」

でも、お子さんたちのことは覚えていないのね。

ルーは身につまされた。「では、今でもあなたが国王なのね」

「そうだよ」ザイドはルーに身を寄せ、頬をそっと撫《な》でた。「だが、君がいてくれないと任務をこなせない。君のおかげで、宮殿での暮らしが幸せだと感じられるようになった。君のいない人生はむなしいばかりだ。一緒にサルクへ戻ってくれ。ぼくの妻として、王妃として戻ってきてほしい」

ルーは心を動かされそうになった。私にとっても、ザイドのいない人生はみじめなだけ。それに、彼の子を身ごもっている。でも、だからといって、サルクでの生活が望ましいわけではない。「あなたの宮殿にいると、自分が糸の切れた風船のように感じるの」

「それは絶対にない。君がどこで何をしているか、ぼくは必ず把握している。あのとき、ぼくは君から逃げていた。けれど、もう二度とそんなことはしない。二度と君を傷つけない。それほどぼくは君を愛している。男として、フェール家の者として、国王として君に誓う。精神的にも、物理的にも、君を突き放すようなまねは決してしない」

ザイドを信じたい。でも……でも……。「イシとカーラの宮殿の直通電話を教えてもらいたいわ」ルーは涙を見られないよう、顎をつんと上げた。「あなたに直接つながる電話がなければ、新たに設置して。執事やほかの人たちを通さないと連絡できないような状況はいやよ」

「ぼくたち専用の電話だね。よし、わかった」

「それから、あなたが出かけるときは、私も一緒に行きたいわ。イシでも、カーラでも」

ザイドは目じりにしわを寄せてほほ笑んだ。「モンテカルロでも、ロンドンやニューヨークでも?」

「ええ、ええ、そうよ」

満面の笑みをたたえたザイドは、いつも以上にハンサムに見える。「ほかに要望は?」

ルーは膝の上で両手を組み合わせて考えた。今の私たちに本当に必要なのは、お互いに信頼を築いていくための時間だ。信頼さえあれば、不安も消え、傷ついた心も癒えていくだろう。そうよ、私は母とは違う。母よりはるかに強い。

「子どもたちを幸せな家庭で育てたいの」しばらくしてルーは言った。「どんなことがあっても、子どもをいちばんに考えられるくらい強く、愛情深くなりたい。子どもたちが私みたいに傷つくなんて、耐えられないわ」

ザイドは顔を寄せ、ルーの唇にキスをした。「わかった」

ルーは目を閉じた。胃が震えているが、吐き気の前ぶれのようないやな感じではない。彼女はザイドの頬から顎へと手を這《は》わせた。「愛しているわ」

「そうであってほしい。君はぼくにも、子どもたちにとってもかけがえのない存在なんだ」

「きっとうまくいくわ」ルーはきっぱりと請け合った。

「ああ。ぼくたちなら大丈夫だ」

ルーが投げかけた微笑に、ザイドは心臓が一瞬止まった気がした。

「愛には癒《いや》しの力があるわ。すべてを新しくする力もね」ルーは目を輝かせて夫を見あげ、寄り添って唇を重ねた。

その優しいキスに、ザイドの心は喜びに震えた。彼は両の手をルーのシルクのような長い髪に差し入れた。

ぼくの妻。ぼくの花嫁。ザイドは心の底から喜びを感じていた。どんなに多くの恵みを享受していても、彼にとってこの女性に勝る恵みはありえなかった。

エピローグ

ルーは双子に洗礼を受けさせたいと思った。フェール家での習わしではないが、ジェスリンもオリヴィアも賛成してくれたので、ザイドはロンドンから司祭を呼び寄せることにした。

洗礼式は宮殿の小さな応接間のひとつで行われた。双子がまだ生後六カ月なのを考慮し、式は手短にすませることになった。

男の子二人の洗礼親はザイドの兄弟にしよう、とルーは決めていた。落ち着いた性格のカミールが、ハリド叔父の腕にそっと抱かれた。カミールの双子の弟で、きかん気で頑固なシャリフは、シャリフ伯父の腕に。

シャリフ国王は腕の中にいる男の子にほほ笑みかけ、それからルーを見た。ルーは胸がいっぱいになった。友人でもあり、義兄でもある彼に笑みを返す。この一年間、シャリフはリハビリに努め、記憶も体力も取り戻したのだ。

妻が泣きだしそうだと察し、ザイドは腰に腕をまわした。だが、ルーの視界はすでに涙でにじんでいた。奇跡としか言いようがない。シャリフは国王の座に返り咲いた。息子に伯父の名をつけるのは、ごく自然に思われた。

シャリフが国王に戻ったため、ザイドとルーはどこでも好きなところで暮らせるようになったが、二人はサルクにとどまり、カーラの宮殿で子どもたちを育てていた。カーラの海も、気候も、歴史のある美しい港もルーは気に入っていた。仕事に戻りたいとの気持ちは少しもわいてこない。彼女は母として、妻としての人生を心から楽しんでいた。

ルーは結婚も子どもも望んでいなかったが、オフィスや講演先ではなく、我が家がいちばんと今では心から思えた。

愛。結婚。母。

この三分野を生涯かけて研究していこうと、ドクター・ルー・フェールは心に決めていた。

王妃になる条件
2010年8月5日発行

著　　者　ジェイン・ポーター
訳　　者　漆原　麗（うるしばら　れい）

発 行 人　立山昭彦
発 行 所　株式会社ハーレクイン
東京都千代田区外神田 3-16-8
電話 03-5295-8091（営業）
03-5309-8260（読者サービス係）

印刷・製本　大日本印刷株式会社
東京都新宿区市谷加賀町 1-1-1

編集協力　株式会社遊牧社

ISBN978-4-596-12523-1 C0297

8月5日の新刊　好評発売中！

愛の激しさを知る　ハーレクイン・ロマンス

買われた妻	ヘレン・ビアンチン／馬場あきこ 訳	R-2519
悲しみを知ったベネチア	クリスティーナ・ホリス／高木晶子 訳	R-2520
結婚の罠に落ちて（オルシーニ家のウエディングⅠ）	サンドラ・マートン／山科みずき 訳	R-2521
プリンスの秘密	サブリナ・フィリップス／柿原日出子 訳	R-2522
王妃になる条件	ジェイン・ポーター／漆原　麗 訳	R-2523

ピュアな思いに満たされる　ハーレクイン・イマージュ

シンデレラを落札した夜	フィオナ・ハーパー／遠藤靖子 訳	I-2111
氷のハートがとけたら	メリッサ・ジェイムズ／八坂よしみ 訳	I-2112
愛を告げる日は遠く	ベティ・ニールズ／霜月　桂 訳	I-2113

この情熱は止められない！　ハーレクイン・ディザイア

あの夜には帰れない（華麗なる紳士たち：悩める富豪Ⅱ）	ブレンダ・ジャクソン／土屋　恵 訳	D-1393
夢のあとさき	アン・メイジャー／早川麻百合 訳	D-1394
恋に落ちた大富豪	アンナ・クリアリー／土屋　恵 訳	D-1395

永遠のラブストーリー　ハーレクイン・クラシックス

ぼくの白雪姫	シャーロット・ラム／長沢由美 訳	C-846
誘惑の予感	ミランダ・リー／山本瑠美子 訳	C-847
愛のゆくえ	ジェシカ・スティール／原　淳子 訳	C-848
オアシスはどこに	レベッカ・ウインターズ／佐久信子 訳	C-849

華やかなりし時代へ誘う　ハーレクイン・ヒストリカル・スペシャル

宿命の舞踏会	シルヴィア・アンドルー／井上　碧 訳	PHS-4

ハーレクイン文庫　文庫コーナーでお求めください　8月1日発売

愛の円舞曲	ステファニー・ローレンス／吉田和代 訳	HQB-314
秘めた愛	ペニー・ジョーダン／前田雅子 訳	HQB-315
身代わりデート	ローリー・フォスター／早川麻百合 訳	HQB-316
氷の結婚	ジャクリーン・バード／すなみ　翔 訳	HQB-317
せつない誓い（富豪一族の肖像：サファイア編Ⅲ）	アーリーン・ジェイムズ／新号友子 訳	HQB-318
プレイボーイ公爵	トレイシー・シンクレア／河相玲子 訳	HQB-319

"ハーレクイン"原作のコミックス

●ハーレクイン コミックス（描きおろし） 毎月1日発売　●ハーレクイン コミックス・キララ 毎月11日発売
●ハーレクインオリジナル 毎月11日発売　●月刊ハーレクイン 毎月21日発売
※コミックスはコミックス売り場で、月刊誌は雑誌コーナーでお求めください。

8月20日の新刊 発売日 8月18日

※地域および流通の都合により変更になる場合があります。

愛の激しさを知る ハーレクイン・ロマンス

秘書になった王女（ダイヤモンドの迷宮Ⅶ）	ナタリー・アンダーソン／水月　遙 訳	R-2524
愛はうつろいやすく	エマ・ダーシー／大谷真理子 訳	R-2525
再会は復讐のはじまり	アビー・グリーン／小池　桂 訳	R-2526
過ちと呼ばないで	キャロル・モーティマー／飛川あゆみ 訳	R-2527
つれない花婿	ナタリー・リバース／青海まこ 訳	R-2528

ピュアな思いに満たされる ハーレクイン・イマージュ

プリンセスの帰還（地中海の王冠Ⅱ）	マリオン・レノックス／山野紗織 訳	I-2114
幸せになるためのリスト	マーナ・マッケンジー／麻生りえ 訳	I-2115
奇跡が街に訪れて	ジェニファー・テイラー／望月　希 訳	I-2116

この情熱は止められない！ ハーレクイン・ディザイア

散りゆく愛に奇跡を（キング家の花嫁Ⅴ）	モーリーン・チャイルド／大田朋子 訳	D-1396
ボスに贈る宝物	キャシー・ディノスキー／井上　円 訳	D-1397
夜明けまでは信じて	ジェイン・アン・クレンツ／仁嶋いずる 訳	D-1398

人気作家の名作ミニシリーズ ハーレクイン・プレゼンツ 作家シリーズ

地中海の王子たちⅠ 暴君に恋をして	シャロン・ケンドリック／藤村華奈美 訳	P-376
アラビアン・ロマンス：バハニア王国編Ⅱ		P-377
砂漠のシンデレラ	スーザン・マレリー／新号友子 訳	
砂塵のかなたに	スーザン・マレリー／高木明日香 訳	

お好きなテーマで読める ハーレクイン・リクエスト

誘惑という名の復讐（愛と復讐の物語）	リン・グレアム／田村たつ子 訳	HR-284
セクシーな脅迫（愛は落札ずみ）	ジョアン・ロス／伊坂奈々 訳	HR-285
非情なプロポーズ（恋人には秘密）	キャサリン・スペンサー／春野ひろこ 訳	HR-286
華やかな めまい（地中海の恋人）	ケイ・ソープ／中野　恵 訳	HR-287